谁言寸草心
报得三春晖

作者简介 ▎吴守为

　　1962年生，山东人。1980年参加中国人民解放军，是基建工程兵的一名战士。1983年9月，同两万基建工程兵部队一起集体转业到深圳经济特区，经历了士兵、工人、深圳金融界和大型企业的领导层的人生阶段。先后任职银行行长，大型国企上市公司、世界知名企业高管，集团副总裁。亲身经历和目睹了深圳经济特区的发展历程。

这本书通过两万基建工程兵在深圳这块热土上拓荒、工作、生活、发展、奉献等各个方面的案例和事迹，塑造了一个个鲜活的人物，讴歌他们对深圳经济特区的发展做出的杰出贡献。

这本书既是两万基建工程兵在深圳经济特区生活的一个缩影，也是深圳经济特区四十年发展历史的特写画面，又是全国支援深圳经济特区建设，深圳经济特区回馈、感恩全国人民的历史记载。

这本书通过人物的塑造，既体现了中国军人无私的献身精神，又体现了付出必有回报、善心必有福报的人生哲理。

平凡

吴守为 / 著

海天出版社
HAITIAN PUBLISHING HOUSE
·深圳·

图书在版编目（CIP）数据

平凡 / 吴守为著. — 深圳：海天出版社，2021.8
ISBN 978-7-5507-3239-1

Ⅰ. ①平… Ⅱ. ①吴… Ⅲ. ①长篇小说—中国—当代 Ⅳ. ①I247.5

中国版本图书馆CIP数据核字(2021)第148806号

平凡
PING FAN

出 品 人	聂雄前
责任编辑	刘翠文
责任技编	陈洁霞
责任校对	万妮霞
装帧设计	龙瀚文化

出版发行	海天出版社
地　　址	深圳市彩田南路海天综合大厦　（518033）
网　　址	www.htph.com.cn
订购电话	0755-83460239（邮购、团购）
设计制作	深圳市龙瀚文化传播有限公司　Tel:0755-33133493
印　　刷	深圳市华信图文印务有限公司
开　　本	889mm×1194mm　1/32
印　　张	8.5
字　　数	140千
版　　次	2021年8月第1版
印　　次	2021年8月第1次
定　　价	58.00元

版权所有，侵权必究。
凡有印装质量问题，请随时向承印厂调换。

自 序

时光荏苒,从当初的年轻小伙到鬓染白霜,我在深圳经济特区工作近四十载。和我一起来到这块热土的战友,有的已经永远长眠在这里,有的依然奋斗着、奉献着!回首往事,值得欣慰和自豪的是:从昔日的小渔村、边陲小镇,到经济特区,再到先行示范区,深圳成为祖国和世界的一颗璀璨新星、一颗东方明珠,作为她的建设者,经历一路艰辛,洒下一路血汗,也唱响一路凯歌,收获一路硕果。

1983年9月15日,作为深圳经济特区拓荒者的两万基建工程兵受命集体就地转业,脱下军装,成为众多来深建设者中的普通一员。他们曾经不辱使命,为深圳经济特区的建立开荒铺路，移山填海，建房矗擎。对他们而言，无论早期的艰难困苦，还是后来的都市繁华，都是没有硝烟的战场，都是不平凡的岁月。

在这不平凡的岁月中，他们中有的为抢救国家财产光荣牺牲；有的在部队是高级干部，转业后到退休只住着几十平方米的陋室，却把积蓄都捐献给了贫困山区的失学儿童。他们的后代也继承了父辈的牺牲精神，无私奉献，甘愿告别舒适的都市生活，到边远穷地区教书育人……

当这些战友一张张鲜活的面容浮现在我眼前的时候，我心里涌起的是难过、自豪、震撼……他们用血肉之躯，用青春年华，为深圳经济特区竖起了一座座丰碑！他们立足深圳，但无论在祖国抗震救灾的前沿，还是在祖国最艰苦贫困的山区，都留下了他们的足迹和血汗，甚至生命！

作为军人，服从命令是天职；作为军人，就意味着无私奉献和牺牲。这就是军魂！刚到深圳经济特区之初，到处杂草丛生、蚊叮虫咬、黄土飞扬，一片荒凉的景象。住的是草棚子，喝的是刚开挖的浑浊的井水,烧的是木柴。一场大火烧掉20多栋草棚,很多战士被烧得一无所有;12级以上的强台风的袭击,几乎把所有的草棚撕裂、吹散……面对重创,官兵们依然拼搏前行。

集体转业之初,两万基建工程兵的8个团成立了8家市属工程类的公司,每个公司2000多名员工,加上家属,达3000余人,吃饭成了大问题。而深圳的建筑市场是面向全国开放的,两万基建工程兵刚刚脱离部队,面对市场上强劲的竞争对手,有的公司发不起工资,有些人从老家邮来一些粮食接济,有些人走私贩私误入歧途,有些人到处漂泊打零工为生,有些人走向街头乞讨……深圳市委、市政府很关心两万基建工程兵的生存和发展问题,先后采取了一系列扶持措施:在工程任务、资金、税收、入户指标、公司上市等方面给予大力支持,又抽调6000余人充实到公检法、银行、外贸等行业工作,以减轻工程兵企业"养人"的压力。凭着在部队养成的钢铁意志,基建工程兵企业逐渐呈现良性发展趋势。

岁月如歌！在经济飞速发展的今天，忆往昔，对那些基建工程兵战友——无论是在深圳的，还是回到家乡的；无论健在的，还是去世的——心中充满了不舍与想念。在部队的日日夜夜，在经济特区奋斗的春夏秋冬，无论时空如何变迁，都是值得永远纪念的！平凡孕育伟大！基建工程兵、银行人、农民工、支教老师……一个个鲜活的灵魂和肉体，驱使我书写他们，讴歌他们。

这本书虽属虚构，但遵从了历史事件和背景的真实性，我试图用我不灵活的笔，描摹出深圳经济特区四十年发展历史长河中的小浪花，展现中国军人无私的献身精神和他们"平凡"的爱恨情仇，揭示"付出必有回报、善心必有福报"的人生哲理。

是为序。

吴守为

2021年3月16日于深圳

目 录

第一章　告别军营
白沙岭火光 / 3
风雨竹子林 / 24
军营里的婚礼 / 32

第二章　弄潮商海
艰难的转型 / 57
扬帆起航 / 72
永远的军魂 / 80

第三章　拒绝诱惑
金钱的诱惑 / 101
爱的十字路口 / 121

第四章　都市农民工
初闯二线关 / 143
当上农民工 / 151
白领丽人 / 165

第五章　情系喀什
星星之火 / 217
支教之花 / 229

第一章

告别军营

中国人民解放军基本建设工程兵,简称基建工程兵,是陆军的一个兵种,主要担负国家基本建设重点工程和国防工程施工的任务,始建于1966年8月。1982年8月,国务院、中央军委作出《关于撤销基建工程兵的决定》。1983年11月,基建工程兵领导机构撤销。1984年基建工程兵撤销转隶完毕。

1982年,基建工程兵部队2个师部机关和下属8个团及1个野战医院共2万人,陆续开赴深圳。在这个荒凉的边陲小城,他们战火灾、迎暴雨、抗台风,移山填海,攻坚克难,经过了血与火的洗礼,为深圳经济特区的建设做出了巨大贡献。1983年9月15日,2万在深基建工程兵集体转业,告别军营,开始了新征程。

白沙岭火光

1982年12月15日深夜,劳作了一天的人们已进入了梦乡。"嘣!嘣!"两声巨响从基建工程兵某团白沙岭驻地传来。紧接着,响起尖厉的紧急集合号声,夹杂着广播员急促的播报声。

驻深基建工程兵某团白沙岭驻地团部后勤处仓库起火了!

白沙岭地处笔架山山脚,是基建工程兵G001团的驻地。基建工程兵们刚刚开赴深圳,环境艰苦,条件简陋,一切都从零开始。虽然是团部驻地,所谓营房也只是50多座用竹竿、竹叶和油毡纸搭建的简易竹棚。起火点是团部后勤处仓库,位于营区的中间位置,团部机关和家属区也在这里,如果火势蔓延开,后果不堪设想。从睡梦中惊醒的军人们抓起衣服冲出营房,随手拿起水桶、脸盆，装满水，向着火点奔去。

营区人声喧杂，有的在呼喊催促人员抓紧撤离，有的帮助军属们从房间里转移出来，有的在转运团部的文件和设备……转移和隔离仓库里的燃料是最危险的，指挥者大喊着让司机抓紧时间把车开走。

突然，又是一声巨响，火光中，还在仓库中的财务股长方明和出纳员孟婷倒在血泊中。

"赶快叫救护车，去支队医院！"副团长李大明大喊。

"呜呜——呜呜——"接到部队的火警电话，十几辆消防车疾驰而来，强劲的高压水龙从多个角度交叉着扑向熊熊燃烧的大火。凌晨1点多，大火终于被全部扑灭了，只剩下呛人的糊焦味和未燃尽的竹竿、油毡七零八落地飘着缕缕青烟。

团长杨铁心带领相关人员把火场又仔细查勘了一遍，指挥大家打扫现场、清理各种物品、排除隐患。救火的军人们有的只穿着单薄的衬衣，有的就穿了个小背心，从土井一桶一桶地挑水救火，汗水加上井水，身上早就湿淋淋的了。12月，还不是深圳最冷的时候，但到了下半夜，气温下降，南下的北风带来了阵阵寒意，现在大火扑灭了，大家才感觉到竟然冷得发抖。

这次火灾造成了巨大损失。经过清点，仓库损失2000公斤柴油、1000公斤汽油、衣服和被褥1000余件、床铺等家具100余件。烧毁工棚10余座，抢出的家具和一些木制品、衣物等大多也过了火。所幸财务股和保密室的机要文件都被抢救出来。

团长杨铁心紧接着召开了连级以上人员参加的会议，分析这次火灾的原因，讨论重建措施以及人员安置等问题。杨铁心用最短的时间布置完工作，就带领几个干部赶去支队医院看望受伤人员。

支队医院位于笔架山下，离白沙岭军营只有2公里，但夜深路黑，路上坑坑洼洼，泥泞不堪，吉普车颠簸了10多分钟才到医院。说是医院，实际上只有几栋紧靠笔架山搭建的木板房。木板房比竹棚要稍微隔热一些，已经算是"豪华"建筑了。杨铁心等人来到急救室门口，守在医院的战士汇报了基本情况：方明头面部烧伤，尤其是左脸；油桶爆炸的碎片划破了他的颈部大动脉，失血过多；肝部被砸伤；呼吸困难。他伤势严重，已经昏迷3个小时了，一直在抢救。杨铁心听了，焦急地在急救室门外走来走去。

也不知过了多长时间，医生从手术室里出来问："请问哪位是杨团长？"

"我是！"杨铁心几乎是冲到了医生的面前。

"团长同志，负伤的这位同志因为失血过多，急需输血，我们血库B型血没有了，看看能否让大家捐献？"

"没问题！"杨铁心斩钉截铁地回答。

在场的官兵中只有一人是B型血，杨铁心让通讯员马上回军营召集B型血的人。不一会儿，20余人赶到医院，大家都争先恐后地献血。医生一再强调用不了这么多血，杨铁心说："多余的血就储备起来吧，医院血库不能断血，很多病人都需要用血！"医生们看着这些面色黝黑、神情坚毅的官兵，眼睛湿润了！1小时，2小时，3小时……手术持续做了6个小时，等到东方露出了鱼肚白，方明才从手术室被转到重症室。方明的脸部和颈部包扎得严严实实，全身麻醉的药劲儿还没过，他一点反应都没有。主治医生向杨铁心详细介绍了手术情况：由于脸部烧伤严重，对烧坏的皮肤进行了局部切割手术，并从他的腰部割下来一块皮肤进行了移植。

接着，大家又去看望孟婷。当爆炸的碎片飞来的时候，方明用身体护住了孟婷，所以她的伤比较轻，只是眉头稍微有些擦伤。她一见到杨团长，就急切地问道："团长，方股长的情况咋样？"杨铁心说："小孟，你放心，方明已经做完了手术，脱离了危险，现在正在观察!"孟婷这才松了一口气,哽咽着说道:"方股长是为了掩护我才受伤的!"杨团长安慰她好好养伤,不要胡思乱想,这才带领大家离开医院。

从医院回到军营,杨铁心紧绷的神经才稍微放松了一些,没来得及洗一把脸,就困乏地和衣躺到了硬邦邦的木板床上。

杨铁心出生于1942年,祖籍湖北。他22岁时考入清华大学土木工程系,毕业后被分配到北京工作。1966年组建基建工程兵部队,在全国招聘技术骨干,他应征来到了部队,这就是所谓的"工改兵"。他身材魁梧,皮肤黝黑,声音洪亮,性格耿直豪爽,很多人说他"文气不足,武气有余"。他工作很有魄力,1981年就晋升为团长了。

方明伤势比较严重,术后生活不能自理,虽有护士护理,但医院要求部队再派一名护理人员协助照顾方明。第二天一早,团里就给方明爱人发了电报:"速来深圳。"方明的爱人许静是武汉油脂化工总厂的行政专员,比方明小4岁,今年才26岁,中南财经大学本科毕业。他们结婚已经3年了,由于分居两地,一直没有要孩子。

团部又研究决定,孟婷伤势较轻,让她留在医院协助护理方明。孟婷18岁入伍,四年来一直在财务股工作,对方明的生活习惯,尤其是饮食习惯很熟悉,便于照顾他。孟婷的工作就由团部另外两名出纳员分担。孟婷接到照顾方明的任务后,穿着病号服就急忙向方明所在的重症病房奔去。病房的门虚掩着,夕阳隔着白色的窗帘透进来,照在病床上,方明的头上包扎着厚厚的纱布,眼睛肿胀得只剩一条缝了,嘴巴也肿得老高。孟婷看到方明惨不忍睹的样子,忍不住失声痛哭。护士立刻制止了她,让她保持安静。孟婷极力克制着,压抑的哽咽声还是惊动了方明。昏昏沉沉中,方明的手稍微动了动,似乎在安慰孟婷。孟婷走到病床前,轻轻地握住他的手,眼里含着泪:"股长,都是我不好,拖累您伤成这个样子!"方明艰难地摆了摆手,嘴角微微牵动,却说不出话来。

  方明的爱人许静接到电报后,马上买了武汉到广州的火车票,坐了17个小时才到达广州。下了火车后,许静来不及等广州到深圳的班车,急匆匆地乘中巴赶往深圳。中巴开到东莞后,司机说这就是终点站,让大家都下车。许静上前找司机理论,可司机满口广东话,她也听不懂,急得哭了起来。无奈之下,许静只好再买了东莞到深圳的中巴票。中巴在东莞转来转去兜客,约莫转了一个多小时，才终于驶出东莞。一路上，尘土飞扬，路坑坑洼洼的，颠簸得许静几次想呕吐。18日下午3点左右，终于到达深圳银湖汽车站。许静又气又累又晕车，想打的士但没有等到，只好雇了一辆三轮车向白沙岭G001团驻地驶去。又是一路颠簸一路土，大约半个小时才到达。望着一栋挨着一栋的一大片用竹竿和竹叶加油毡纸搭成的竹棚子，已经筋疲力尽的许静惊呆了：这就是所谓的军营吗？许静一路走一路问，终于到了团部，看到战士们正在清理废墟和重新搭建"营房"，有些已经快搭好了。

　　通讯员小李把许静领到了团长杨铁心的办公室。这是间约12平方米的房间，既是办公室也是宿舍。房间内摆着一张1.2米宽的木板床，军绿色的被子叠得方方正正，旁边放着叠好的军装，床上还放着几本建筑类的书籍和图纸，床铺下边放着一个行李箱。小小的办公桌上，一套《毛泽东选集》还有其他几本书摆放得整整齐齐，桌上还放了一个热水壶和简陋的茶具。靠近门口是一个茶几和四把小凳子，门后是洗脸盆架子，洗脸盆里还有半盆水，架子上搭着两条毛巾——这就是团长的全部家当了。这位强壮的硬汉团长，见到从武汉匆匆忙忙赶来的许静，一时不知说什么好，愣了半天才醒悟过来：

"小许，一路辛苦了！这是通讯员刚打的洗脸水，先洗把脸，我让厨房炊事员马上给你做些吃的！"

许静洗了洗脸，一盆清水马上变成了黄水了，她稍微用手拢了一下头发："团长，我接到电报就急忙从武汉赶来了，方明出什么事了吗？"

杨铁心望着端庄、文静的许静，沉吟了一会儿才说："小许，你刚才进入军营也看到了，我们军营前两天发生了火灾，方明同志为了抢救部队财产身负重伤，虽然已经脱离生命危险，但是现在还住在医院！"

听说方明受了重伤，许静顿时脸色煞白，几乎站不稳了，眼泪扑簌簌地滚下来，顾不上喝水，就心急如焚地随着杨铁心到医院见方明。

吉普车颠簸了十几分钟到达医院。这时已经是下午4点多了，笔架山下，整座医院静悄悄的，用空心木板搭建的木板房都漆成绿色，在夕阳的斜照中，与山色融为一体。墙脚下，是丛生的杂草，裸露的地方被雨水冲刷得坎坷不平，露出岭南特有的红黄土壤。医院的正南门前是临时用碎石子修筑的一条简易道路。这是部队医院，建院时间短，规模不大，原则上只接收军人看病，不对外开放，所以病人不多。

第一章　告别军营

　　循着一股浓浓的药水味道，许静走进重症病房。方明静静地躺在病床上，床头挂着吊瓶正在输液。他的头被厚厚的纱布包裹着，只露出肿成一条缝隙的眼睛和肿胀的嘴。霎时，许静眼里又浸满了泪水，她疾步走到方明床前，扑到方明身上，紧紧抱着他，号啕大哭："方明，你怎么了！怎么成了这个样子啊！"昏昏沉沉中，方明似乎辨别出了许静的声音，他的手僵硬地动了动，费力地抚摸着许静的头发，他想说些什么安慰久未见面的爱人，但嘴唇动了动，只发出了沙哑、微弱的声音。护士见状，马上劝阻许静：方明烧伤严重，失血过多，又做了皮肤移植手术，刚刚脱离危险，现在需要的是安静，不能有情绪波动！许静逐渐冷静下来，但还是止不住泪水。

　　20多个小时的路途劳顿，许静原本白皙的脸庞明显憔悴了，水灵灵的皮肤上也起了不少皮屑，干裂的嘴唇刻着一道道血丝。可现在的许静根本顾不上自己的形象了。方明和许静是在武汉相识、结婚的。在武汉时，化妆、保养皮肤是许静每天必做的功课，工作再忙也不会省，润肤霜、润唇膏和口红更是必备的。1980年，方明所在部队还驻在武汉，八一建军节时部队允许家属参加联欢会，方明就带着新婚妻子许静去观看节目。许静擦了护肤霜，还洒了香水，坐在她周围的人都闻到了。散会后有些战友就说："方明的爱人化妆太厉害，一看就是贪图享受的阔小姐，哪像军人的妻子！"当时方明还感到思想有压力。

晚上，杨铁心亲自安排，把许静接到团部的家属房休息，又安排孟婷跟她同住：一方面照顾她的生活起居，另一方面也劝导她避免她想不开。这一晚，医院临时加派了护士护理方明。

团部的家属房也是竹棚子。房间里只有两张硬板床，上面铺着一张军用毯子，一床军用被子叠得像豆腐块。两张床之间是一个床头柜，可以放一些碗筷茶具等日用品。尽管许静很疲累，但是她却丝毫没有困意。吃过晚饭，孟婷陪她在军营附近散步。孟婷一直在团财务股工作，在方明的手下，所以很早就认识许静，和许静是好朋友，方明和许静结婚时孟婷还是伴娘。

她俩围绕着军营慢慢地走着，一弯月牙斜挂在天际，东北风肆无忌惮地吹着她们的秀发和单薄的衣服。月色笼罩着一排排安静的竹棚营房，竹叶发出沙沙的轻响，周围是荒草、土丘，在寂静的黑暗中，安静地伸向更远处。两人边走边说着体己话，许静告诉孟婷，方明被提拔为财务股长后，许静的爸爸希望方明转业回武汉。许静的爸爸是局级干部，可以帮助方明到武汉的化工科技公司担任财务科长。许静是独生女，许静的爸爸不希望女儿离开武汉，也不希望他们长期两地分居。可是方明想在部队上发展，一直没有答应。方明曾经对许静说，深圳经济特区刚刚建立，急需大量的人力物力财力搞建设，在这个时候向部队提出转业，作为一名军人，与打仗时做逃兵没啥区别！所以，许静也就没有再提过转业的事，两人只能依靠书信传递感情、谈论生活。孟婷听了许静的话，也为方明没有转业到武汉和妻子团圆而惋惜！如果转业回武汉，这场灾难就不会降临到他身上了。孟婷详细说了这次火灾的经过和方明舍身掩护自己的情景。许静听后心里更不是滋味了！两人沉默无语，默默地往回走，到住处时已经是深夜11点了，两人简单地擦洗一下就睡了。不久，许静感到肚子不舒服，孟婷陪着她打着手电筒去厕所。厕所离她们住的地方有100米左右，凌晨气温下降，许静冻得直发抖。也许由于水土不服，也许是吃错了食物，许静一个晚上去了好几次厕所，临近天亮的时候才睡着。

第二天，在许静要求下，医院同意许静和孟婷搬到医院去住，协助护士照顾方明。开始几天，许静倒便盆时要戴上口罩和橡皮手套，看到便盆里的排泄污物时恶心得要吐了出来。孟婷就主动承担了给方明倒便盆的工作，她既不戴口罩也不戴手套，每次都把便盆洗得干干净净。孟婷是广东河源客家人，在农村长大，1978年高中毕业没有考上大学，刚好那年招女兵，她就应征入伍成为一名基建工程兵。她勤奋好学，参军第一年就入党了，后来在部队考入基建工程兵学校，接着就提干了。虽然她是出纳，但她是排级军官。孟婷大大的眼睛，双眼皮，瓜子脸，扎着两条短辫子，勤快漂亮，活泼可爱，团财务股12个人都很喜欢她，这次让她照顾方明也是团首长再三考虑的。

一周后，方明搬到了普通病房，许静的假期也快结束了。回武汉前，许静来到主治医生办公室，了解方明的伤情和以后对工作及生活的影响。医生很坦率地告诉她："方股长这次烧伤部位虽然仅在头部，但比较严重，左脸几乎全部烧烂了，好在及时取了他腰部的皮肤进行了皮肤移植手术，自身的皮肤容易生长和黏合，如果移植成功恢复得好，则对生活没有大的影响，但是伤疤还是会很明显的。他的颈部大动脉被油桶碎片划伤，失血过多，需要增加营养长期调理。脑震荡很严重，现在脑部还有一块淤血，过一段时间还要做手术清除，是否会留下后遗症很难说，我们会尽最大努力的，但作为家属，一定要有心理准备！"许静听完医生的介绍，脸色苍白，瘫坐在椅子上，有气无力地对医生说了一些感谢的话。

次日，许静含泪依依不舍地告别了方明。孟婷和通讯员坐团长的吉普车把许静直接送到广州站，送上火车。

时间一天一天地过去了，二十天后，方明勉强可以下床走动了，头上的纱布也去掉了不少。每天，孟婷陪着他在院子里适当地走动一下，晒晒太阳，偶尔也接待一下前来探望的战友们，但方明讲话很吃力，讲话很少。方明时常感到头晕，甚至头疼，医生也要求他注意休息，尽量少说话。

许静一回到武汉就写了两封信：一封是写给方明的，主要意思是希望他好好养伤，鼓励他对未来要充满信心。一封是写给孟婷的，大意是把她当成好妹妹看待，感谢她对方明的细心照顾，就把方明托付给她了。接下来，许静每周都给方明写信。1983年1月中旬，她给方明寄来一件毛衣。

方明恢复得不错，就要拆线了，随着医生把纱布一层一层揭下来，方明感到皮肤一阵发痒，偶尔也有些疼痛；揭完纱布就开始拆线了，方明感到比揭纱布时还要疼，他的脸不停地抽搐，大约一个小时，线全部拆完了。回到病房,方明让孟婷取过床头柜上的镜子,他看到了镜子中的自己:左脸好像糊着一块刚切下来的猪肉皮,红得发紫,周围都是针眼,右脸还是像原来那样平滑细腻,只是包扎了一个多月皮肤有些发黄了。方明用手摸了摸粗糙的、没有感觉的左脸,猛地把镜子扔到床上,撕心裂肺地怒吼:"为什么是这个样子!我怎么见人啊!怎么面对亲人啊!"护士和孟婷急忙按住了他。他一头扑倒在孟婷怀里号啕大哭起来。孟婷被他这突如其来的举动吓蒙了,但瞬间就镇定下来,抚摸着他的头,紧紧地拥抱着他,让他在自己怀里肆意发泄,接着又安慰他,鼓励他!孟婷心里五味杂陈,流下了心疼的泪水!

等方明安静下来,主治医生解释道:"方股长,你的这次手术很成功,但需要时间慢慢恢复,恢复好以后,应该与你全身的皮肤没有大的区别,随着医学科技的进步,以后有机会对你的面部肌肤整容,总之你要对自己充满信心,千万不要沮丧甚至想不开。再说,作为一名军人,你更应该知道生命的意义和价值!"经过大家的开导、安慰和鼓励,方明的情绪逐渐平稳下来。

又过了一段时间,为了清理淤血,在方明头部又做了一次小手术。转眼两个多月过去了,方明基本上能生活自理了，孟婷也回到了工作岗位。在一次来信中，许静让方明寄一张术后的照片，方明犹豫再三，还是照了一张相片寄回去了。寄出照片不久，方明就出院了。

许静一直没回信，方明隐约感到了不安。两个多月后，方明才收到许静的回信：

亲爱的明：

你的来信和相片早已收到，因为这段时间很忙，迟迟没有给你复信，见谅！

自从咱们相识、相知、结婚以来，度过了美好的时光，你给予了我很多温馨、甜蜜、幸福和刻骨铭心的爱！我从一名娇生惯养的小女孩变成了一名成熟的有为青年，无论在生活上还是事业上，你都是我的良师益友，更是我的爱人！我的好丈夫！

你也知道，我父母只有我这一个女儿，希望我留在他们身边。武汉是个大都市，我父母又有自己的事业和一定的地位，他们不会离开武汉。结婚以后，我爸一心想让你转业到武汉工作，工作单位和职务都给你规划好了，可是你一直没有同意，始终坚持你的理想和抱负，希望在部队干一番事业。如果当初你听我的话，转业到武汉，也就躲过这一劫了。当接到部队发来加急电报的瞬间，我忧心忡忡，心急如焚，猜测你可能出事了，但没有想到这么严重！

这次深圳之行，我感触很深。从广州一下火车就直奔深圳，一路上像逃荒一样，像被人拐卖一样，可谓是一路坎坷。也没想到"经济特区"实际上只是个仅有几万人的小渔村，到处杂草丛生，荒无人烟，连你们住的军营都是草棚子，完全不是我想象的那样繁荣昌盛，原本我觉着与香港毗邻，一桥之隔，不会太差，结果是天壤之别！

人各有志，既然你决定留在深圳，实现你的理想和抱负，我就不再阻拦你了！咱们结婚四年了，聚少离多，一直过着牛郎织女的生活，尤其是这两年，咱们一年只有一次夫妻团圆的日子，每次不到一个月，我是一个有血有肉、有感情的女人，我需要爱！需要你的呵护！需要孩子！我今年都28岁了，我不知道这样两地分居的生活何时到头！原来我盼望未来，现在我害怕未来！我考虑再三，也充分征求了我父母的意见，认为还是离婚为好！我知道你可能认为我嫌弃你，尤其是烧伤以后，其实我早就有这个想法了，只是没有说出口罢了，希望你考虑一下！

天涯何处无芳草，爱情时时有知音！你作为一名优秀的军官，我相信你一定会找到一名好女人、好妻子！本想牵着你的手，拥抱你一生，执子之手，与子偕老！可是，现实就这么残酷，不得不忍痛割爱，做出这样残酷无情的决定，恳请得到你的原谅！

许静

1983 年 3 月 10 日深夜

看完这封信，方明几乎崩溃了，他愤怒、委屈、无助、悲伤、绝望……他从办公室向宿舍奔去——他是股长，他不想在下属和战友面前丢面子，他要坚强！其实，自从寄去相片将近两个月没有收到回信，他就预感不好，果然收到的是：分手信！断交信！离婚书！被烧伤毁容，被遗弃离婚！这一连串的打击，让他彻底绝望了，他想到了死！甚至还设想用什么样的方式结束自己的生命。

团党委发现了方明的异常情绪，政委和政治部主任分别与他促膝谈心，开导他，鼓励他要对事业、对生活、对未来充满信心！他受伤是为了保卫国家财产安全，是光荣的。如果他的爱人因此与他离婚了，组织上会帮助他解决个人问题。过了一段时间，部队对方明的嘉奖也到了：因他在这次火灾中表现英勇，给他记"二等功"。方明虽然内心很煎熬，但还是给妻子许静回了信，同意离婚，部队也出具了《离婚证明》，他也答应抽空去武汉办理离婚手续。

方明离婚后，组织上也开始关心他的婚姻问题。经过调查了解，政治部主任找到财务股的出纳员孟婷，征求她的意见，问她是否愿做方明的对象。孟婷感到很突然，心里有些为难：暂时照顾方明是没有问题，但如果和他结婚生活一辈子，至少她现在心理上还不能接受。在孟婷的心目中，方明是个好同事，好领导，而且方明是为了救自己才负伤的。但是方明已经30岁了，她才22岁；更主要的是方明烧伤后虽然进行了皮肤移植手术，但挂在他左脸上的伤疤很触目惊心，即使自己接受了家里人会接受吗？孟婷心里矛盾重重。方明也能猜出孟婷的顾虑和心思，孟婷是个漂亮勤奋的姑娘，他不想勉强孟婷，不想连累她一生，这样对她太不公平了。

5月份，方明同许静在武汉办理了离婚手续。离婚以后，方明感觉很失落和惆怅，他一心扑在工作上，把全团的财务工作抓得井井有条；支队专门召开经验交流会，详细介绍了他的工作经验，他很有成就感！6月中旬，方明去北京开会，偶然碰到解放军总医院的一名财务处长，看到他受伤的面容后，主动上前和他打招呼，聊起来才发现，两人还是老乡。这位老乡说，解放军总医院有一位外科整容专家，水平很高，尤其在烧伤领域是高手，在国内和国际上都享有很高的声誉。方明听后欣喜若狂！回到深圳以后，他立即向团部申请到北京治疗并很快得到批准，团部还指派孟婷陪同他一起前往治疗。

按级别要求，方明不能乘坐飞机，两个人坐火车前去北京。6月，天气逐渐热起来，方明的左脸一出汗就奇痒难忍，在火车上每当他发痒的时候孟婷就用毛巾蘸些凉水帮他擦擦，这样就能舒服一些。自从方明和许静办理了离婚手续，孟婷也逐渐地对方明更亲近起来，虽然没有挑明，但她已经把心向方明靠近了，前不久她给父母去了一封信，详细介绍了方明的情况和他舍身救自己的经过，她父母说她看着行就行。后来，她又给在香港的舅舅去了一封信，舅舅夸奖方明人品好，虽然未曾谋面，但舅舅感到方明是一位年轻有为的军官，人品高尚，孟婷的一生托付给他是很值得放心的。孟婷的舅舅很早就在香港成家立业了，是一家大型外资银行中华区总裁，阅人无数，慧眼识英雄，他相信自己不会看错人。这些事情都是孟婷在默默地进行的，得到父母和舅舅的同意后，她有一种如释重负的感觉。自从部队来到深圳以后，舅舅也曾动员她去香港工作，她委婉地谢绝了，她喜欢部队的生活，有自己的理想和追求。

住进总医院后的第二天早上8点半开始进行手术。任何手术都会存在风险，更何况这次是个大手术，需要亲人或部队首长签字，这是没想到的事情，令方明措手不及。方明用期盼的眼神望向孟婷，孟婷含情脉脉地在亲人称谓一栏签上"妻子"，她握着他的手，跟在推车旁，噙着泪水送他进了手术室。

这次手术的主刀医生是解放军总医院顶尖外科专家肖剑，手术进行了3个小时，护士把方明从手术室推出来。他还没有从麻醉中清醒过来，静静地躺在推车上，左脸敷着纱布，右脸显得更加苍白，眉头紧锁，表情痛苦。孟婷在手术室门口等了3个小时，心一直揪着，忐忑不安，每次从手术室出来人，她都上去问个究竟。方明从手术室出来的那一刻，看到他的眼角似乎还留着泪痕，她的心几乎都碎了！主刀医生向孟婷介绍了这次手术情况和后期注意事项，说这次手术很成功，通过这次手术，皮肤的颜色光泽能复原得和原来一样，会治愈因为毛囊堵塞造成的皮肤感染甚至瘙痒等病症。孟婷听完肖医生的介绍后，心里亮堂了很多，心情逐渐平静下来。

对于病人来说，住院是一个痛苦而漫长的过程，尤其方明是脸部烧伤皮肤二次手术，前期疼痛难忍。除了药物治疗，护士和孟婷不离左右，热敷、擦汗、清洁是日常的事，这样才有利于皮肤的恢复和保养。方明的情绪也时好时坏，孟婷有时像哄小孩一样哄着他，她以母性和爱，陪伴他在医院度过了最痛苦的时光！

只有在生死关口徘徊过的人，才知道生命是多么的脆弱，是多么的不堪一击，才知道生命的意义和存在的价值，才知道一分一秒的时间是多么的珍贵，才知道一次牵手、一次拥抱、一次温存是多么难得！长期在一起的部队生活和生死离别以及患难与共的经历，让方明和孟婷的两颗心紧紧地结合在一起！

平凡

风雨竹子林

  时令已是秋天，但深圳的天气还是异常干燥、灼热。1983年9月8日下午5点，部队指挥部突然接到市三防指挥部的紧急通知，通知说，据气象部门预报，9日早上9号台风"爱伦"经过长途跋涉，将掠过香港，在深圳和珠海登陆，届时深圳预计风力最高可达12级以上，希望各单位和居民做好防风准备工作，全市实行"四停"：停工、停业、停市、停课。部队指挥部接到通知后，马上紧急通知各团、营、连、排等所有单位。分布在白沙岭、竹子林、狮岭山、白芒、盐田、蛇口、龙岗、大鹏以及附近海岛施工的8个团共2万基建工程兵，接到通知，急急忙忙安置工地上的施工器具等物资，纷纷向各团司令部驻地靠拢。有些战士没经历过台风，好奇地猜测着台风的威力有多大。

  G003、G004、G005三个团的驻地在竹子林，属于地势较高的山丘地段，原来满山遍野都是竹林，为了建设军营，就地取材，把竹子砍掉，用竹竿做房梁和柱子，竹叶编成屋顶和围墙，房顶再铺上一层油毡纸。就这样，满山遍野的竹子林就变成了200多座一座挨一座的竹棚。

晚上8点，除了G001团在伶仃岛附近炸山填海、执行特殊任务的一个爆破连，所有8个团的兵力基本集合、归拢完毕。台风来得较快，G001团爆破连官兵如果乘坐民用船只转移已经来不及了，部队最高指挥部请求南海舰队驻深部队给予支援，海军舰艇以最快速度把爆破连全部人员安全转移到驻地。

9日早上7点左右，台风逼近深圳，风速达到40米/秒，台风带来大暴雨，雨量高达165.9毫米。早上8点，台风中心开始正面袭击深圳，风力逐渐加大，超过12级。坐落在山丘上的竹子林，面对大海，没有任何障碍物，台风长驱直入，工程兵们住的竹棚被狂风吹打着，瑟瑟发抖。呼啸的台风挟带着暴雨，如疯狂的巨兽肆虐着，不一会儿，一座座竹棚就被吹得七零八落，甚至连电线都被刮断，水泥电线杆也被吹倒。全体官兵紧急进入自救状态：用钢丝一道道地捆绑加固，用铁锤把木桩或钢钎深深地打入地下稳固竹棚，修复被台风掀掉的房盖，修补被吹破的围墙。官兵们有的穿着短裤打着赤膊，有的随便穿了一件衣服，实际上穿与不穿衣服都一样，大雨中，大家全身没有一处干的地方。全体官兵一次又一次地和台风搏斗着，一座座竹棚被撕破了再加固好，一道道钢丝崩断了又重新捆绑……但是，这些努力，在台风的强大威力面前，显得苍白无力，狂风暴雨怒气冲冲，扑向奋战中的官兵。本来炎热的天气在风雨中逐渐失去热量，时间一长，战士们竟冷得有些瑟瑟发抖。

突然，一阵急促的哨子声穿透风雨的阻挡，大家循着哨音赶过去，一个洪亮的声音在发布命令：

"同志们，这是咱们G003团的万吨水泥仓库，一旦被雨水浸湿就报废了。更为重要的是，开山炸石施工用的部分炸药还在里面，大家一定确保水泥和炸药的安全！"这是G003团张团长的声音！张团长说完，第一个爬上仓库屋顶，脱掉自己的雨衣盖在屋顶漏雨处。听到命令的官兵，也顾不上抢救自己的宿舍和个人物品，马上投入到加固万吨水泥仓库和火药库的保卫战中。战士们脱掉自己的雨衣、抱出自己的被子、把工具箱和行李箱的木板拆下来，用这些修复被吹散的房顶和围墙，为水泥遮风挡雨。最终仓库安然无恙。

第一章　告别军营

台风稍减弱，市领导和部队首长王鹰在几个团长的陪同下，冒着大雨来看望大家。台风肆虐后的竹子林，放眼望去，一片狼藉。200多座竹棚大部分被掀翻，地势越高，竹棚损坏越严重，不但房顶被掀掉，墙体也大都被台风撕裂甚至吹跑了，只剩下一些框架，军营里到处是被吹散的竹竿、竹叶、油毡纸的碎片、歪七倒八的电线杆、衣服、被褥、施工用的瓦刀工具等。竹子林军营周围的道路，基本都被雨水冲断，整个片区被大雨冲刷得坑坑洼洼，沟壑纵横，泥泞不堪。2万工程兵只能露宿在风雨中。

10日下午3点，风雨基本上停了，经过初步统计，8个团2万人，负伤人员16人，严重的有3人：G001团田团长，一直处于昏迷状态；G003团炊事班班长李兵，被水泥电线杆砸倒，肺部破裂大出血，正在抢救之中；G005团一位志愿兵的儿子左腿被砸断。

市领导和王鹰一行来到支队医院看望伤员。田团长是9号上午台风最大的时候被垮塌下来的房屋的顶梁砸伤的，头上缝了10多针，经过两天的抢救已经从昏迷状态苏醒过来，脱离危险。在医院的重症室，他静静地躺在病床上，吸着氧气，头上包扎着厚厚的纱布，隐约可见渗出的血迹，听说市领导和王鹰来了，微微睁开眼睛。王鹰急忙走上前去握住田团长的手动情地说:"老田,你受苦了,好好养伤!"王鹰和田团长在一起20年了,他们一起参加对越自卫反击战,一起建设鞍山钢铁基地,一起修筑天山公路,一起炸隧道铺桥梁,经历了一次又一次的危险。王鹰深深体会到:无论是在战火纷飞的年代还是在和平年代,无论是一块弹片还是一粒石子,都能瞬间结束一个人的生命。生命看似漫长,但有时人生就是一瞬间!他看到田团长的那一刻,眼睛湿润了,两个人的手紧紧地握在了一起,久久不肯松开。这又是一次生的重逢啊!

G003团负伤的是炊事班班长李兵,在台风正面袭击竹子林时,厨房仓库房顶被台风掀掉了,他带领炊事班的战友马上用塑料布、油毡纸盖住了大米、面粉。但是,没多久,这些遮盖物又被大风吹跑了。大家又用被子、工具箱、雨衣盖住粮食,用钢丝捆住,打上钢钎,这样才从暴风雨手中抢回了大部分粮食。就在大家抢救粮食的时候,一阵强劲的旋风把厨房前面的一根电线杆吹倒,砸到李兵身上,等其他战士把沉重的水泥电线杆挪开时,李兵感到胸口疼痛难忍,但身上并没有外伤,也看不到血迹。当时正是风力最大的时候,救护车出不来。后来风力稍微小了一些,几个战友用解放牌汽车护送李兵来到支队医院，此时，他已经呼吸急促，奄奄一息了。医护人员马上对他进行了紧急抢救。李兵肺部严重受损，急需输氧、输血。李兵是 B 型血，血库的血不够，几个同血型的战士马上伸出手臂争着献血。李兵的手术进行了 6 个多小时，肺部切掉一半，呼吸极其困难，脸色苍白。随着多项医疗措施的实施，他的病情逐步稳定下来，部队指派了一名战士和他妻子共同看护他。

最后看望的是 G005 团志愿兵老张的儿子小华。小华才 5 岁，右腿被房梁砸断了，疼痛得一直哭叫不停，后来打了止疼针才好一些。老张和妻子看护他，市领导拿出 500 元的慰问金交给了老张，希望孩子早日康复。

台风过后，部队立即召开了营级以上干部会议，针对这次台风造成的损失和人员伤害，各营把各自的情况都汇报了一遍。最后，王鹰在会议上做了重要指示，他说："同志们，我们刚到深圳就遭遇 30 年来最大的一次台风洗礼，使我们对台风有了清醒的认识，虽然受到很大损失，我相信中央军委和当地政府都会给予关心和支持！我们已经写报告向上级进行了汇报，但是，我们要扎根深圳拓荒，就要做好长远打算，不能'等、靠、要'，要充分发扬自力更生的光荣传统，受条件限制，很多事情要靠自救。眼前咱们的宿舍基本被台风扫荡得差不多了，特别是驻扎在竹子林的几个团，军营所剩无几，大家想办法用最快的速度把宿舍建好，新建宿舍一定要规划好，要避开台风正面吹袭，还有排水沟也要配套好，这样以后遇到台风暴雨才能有所防御。大家要从这次教训中总结经验，这很重要！"

不久，市三防指挥部和市有关领导又亲自召开了抗风救灾工作会议，通报了情况：由于受到强台风的影响，深圳出现大暴雨，历时19个小时。海堤决口259处，沿海的4个公社7个大队16个村计4200多人被洪水围困。2万多平方米简易住房被损毁，10.5万人的基建队伍的工棚有八成被摧毁，工程兵所有军营均遭到重创，尤其是2万工程兵的工棚几乎全部被摧毁。全市因台风死亡7人，受伤63人，直接经济损失5000多万元，加上"四停"造成的间接损失估计2亿元以上。这次台风是历年来死伤人数最多的一次，受灾最严重的是渔民和基建工程兵。经市政府研究决定：给予驻深工程兵拨付2000万元人民币用于基地重建，并调拨了一批救援物质，中央军委后勤部也给驻深工程兵调拨了被褥、衣服和其他日用品……

在各方面的大力支持下，2万工程兵很快投入了基地建设。台风过后，一连几天都是骄阳似火，战士们白天被晒得脱了一层皮，晚上，躺在潮湿的地板上被虫咬蚊叮，浑身瘙痒。污水横流，很多土井被污染或被淤泥杂物填平了，战士们只好再另外挖井洗衣、洗澡、做饭。有几百名官兵病倒了：发烧、呕吐、泻肚、湿疹、过敏等，陆续被送到医院。

经过 10 余天的艰苦奋斗，竹子林、狮岭山、白沙岭等 8 个团的生活驻地基本重建和修缮完毕，大部分病号也出院了。大家又奔向各个工地，开山填海，测绘勘探，打隧道修公路，建高楼大厦……

平 凡

军营里的婚礼

1983年的八一建军节,建设深圳经济特区的两万工程兵的8个团分别在各自的驻地举行庆祝活动。晚上6点,G006团团部驻地狮岭山军营,灯火通明,人声鼎沸,团部所属机关各单位聚集在饭堂欢度建军节。虽然无非就是多加几个菜,观看文艺节目,但大家还是兴致高昂。今年的建军节有些特殊,G006团负责施工的边检站工程被建设部门评为优质样板工程,甲方特地送来几箱白酒、水果、糖、饼干等慰问品慰问战士们。按照部队的规定,在节日只能加菜不能饮酒,但是到深圳以后,考虑到实际交际、应酬、工作的方便,必要的礼尚往来、互相拜访、相互交流、军民联谊等,部队放宽了规定,可以适当饮酒。另外,对着装也放宽要求。深圳夏季漫长,炎热多雨,施工时穿军装拘谨,不舒服,衣服磨损也厉害，一年两套军装不够穿，所以男同志一般可以穿便装，女同志可以穿裙子，但禁止穿过于暴露的奇装异服。每年军训的半个月一定要着军装，军容风纪一定要严谨、正规。

庆祝八一建军节的活动原则上以团为单位举行，但每个团加上家属3000多人，由于没有大的场地，所以还是以营、连为单位各自开展活动。在团部举行活动的主要是司令部、政治部、军务处、后勤处、卫生队等机关。G006团军营饭堂是用竹竿、竹叶及油毡纸搭建的，能容纳300多人，平时是饭堂，需要时就当成会议室、培训室、文娱舞台等，用途广泛。8月，正值盛夏，天气又热又闷，加上300多人用餐、喝酒、演节目，大家挤在饭堂里，热得汗水淋漓，屋顶吊着的电风扇，吹的风也是热风。团领导们看完演出，简单地吃完晚餐就分头下去各连队慰问和联谊去了，剩下的近200人继续联欢、喝酒。有两桌战友在猜拳喝酒，其他人把餐桌移到旁边，开始唱歌、跳舞。一首首的部队歌曲伴随着舞蹈把节日的气氛推到欢乐的巅峰。

警卫排副排长王小波喝得晕头转向，摔倒在地，嘴里面还不停地唱着《战友》这首歌。警卫排排长肖雄和其他战士把他扶起来。小波说有些头晕，不舒服，肖雄急忙和战友把他送到附近的团卫生队。

卫生队坐落在狮岭山下，一共建了两栋板房，前后相隔5米多，中间是一条路，路边随意地种植了一些花草。房子是用纸板搭成的，纸板外面刷了一层草绿色的防水油漆，屋顶多加了一层木板和沥青纸。门诊和病房有30多个房间。重疾患者要送到市医院或支队医院去，住院部只有靠西头几个房间。

今天值班医生是周海蓉，是王小波的老乡，两人早就相识。周海蓉检查完以后，对肖排长说："你放心吧，他是轻微酒精中毒，给他输上液，一会儿就好了，天不早了，你们先回去休息吧，反正你们警卫排离这儿也很近，有事我再给你们打电话。小波是我衡阳老乡，都在团部机关好几年了，平时很熟悉！"听到周海蓉说得这么诚恳，肖排长客套了几句，就和战友们回去休息了。

军营里，一个竹棚要住30个人，作息时间是统一规定的，晚上10点半一定要熄灯睡觉，只有晚上有打桩、打混凝土、挖土方等夜间施工任务的战士回来可以开一会儿灯。深夜11点了，整个军营被夜色笼罩着，星星眨着眼睛，好奇地盯着这片土地，大地、苍穹和墨绿色的军营，在静谧的时空中铺展出一幅美丽的水墨图，蔚为壮观！忙碌、欢乐一天的战友们大都进入了梦乡，战士们此伏彼起的呼噜声和呓语声是大家的催眠曲。

护士王卉因为参加演出赶不回来，医院里只有周海蓉一个人值班。王小波感到头晕、难受，他翻来覆去地折腾，直到周海蓉给他打上吊针，才逐渐睡着了。醉酒的人不能吹风，周海蓉就把屋顶上的风扇关掉了。关了风扇，房间里更闷热了，海蓉脱了白大褂，露出里面的V型领格子连衣裙。不一会儿，小波的衬衣也湿透了，豆大的汗珠爬满了他的额头，海蓉洗了一条白色的军用毛巾给他擦汗。天气闷热，一点风也没有，加上蚊子又多，海蓉不停地用扇子给小波赶蚊子。这时，小波咳嗽了两声，海蓉见他躺得不舒服，就伏下身子抬起他的头打算给他再垫一个枕头。海蓉的动作很轻，但小波还是迷迷糊糊地醒过来。埋在海蓉的怀抱里，眼前是两座若隐若现的"山峰"，鼻息间是女性特有的馨香，小波受了电击般，不由自主地想从海蓉的怀里挣脱出来。"别动，不然头更晕！"海蓉边说边把他的头抬高一些。小波被海蓉温热的体香包围着，一股热浪冲撞着他，他猛然搂住了海蓉。海蓉被他突如其来的举动吓得浑身一震！她想推开他，小波早已把海蓉紧紧抱在怀里，滚烫的嘴唇也压住了她的香唇，他的舌头在她嘴里笨拙地搅动。海蓉浑身酥软，放弃了挣扎，和小波紧紧贴在一起，任由身体在小波的刺激下不断膨胀、发热……

　　凌晨1点，王小波才从醉酒中彻底清醒过来，他整理了一下凌乱的衣服，不安地说："海蓉姐！对不起，我今天喝多了，冒犯了你，请你原谅我！"海蓉满脸通红，站在床铺前用手理了一下被汗水浸湿的凌乱的头发，没有言语。小波扑通一声跪倒在地："海蓉姐，你要不原谅我的话我就不起来了，你要是向部队领导报告这件事，我就完了，说不定会被押送回家甚至坐牢！"

　　海蓉是军医大学本科毕业，今年28岁了，正连职级；小波25岁，虽然是副排长，但还没转正提干，还是义务兵。小波机灵帅气，刚入伍时给G006团团长当公务员。团长是抗美援朝的老兵，有糖尿病和高血压，海蓉调到G006团以后，经常去团长家给团长看病，因此和小波熟悉起来。海蓉和小波都是衡阳人，经常一起聊天、打乒乓球。这次小波喝醉了，海蓉也没想那么多，没想到小波情不自禁就强行抱住了她。海蓉又生气、又无奈、又羞怯，心里也有一种说不出的、未曾有过的感受！

　　"算了！你起来吧，我不告诉别人就是了！头不疼了你就回去吧，我也该休息了！"听到海蓉这么说，小波心里的一块石头才落了地。他离开卫生队，急匆匆地向宿舍赶去。他借着竹棚缝隙微弱的月光摸到了自己的床铺，把上衣放在旁边的床头柜上，带着一身臭汗悄悄地上了床。月光下，一种朦胧的爱在他心里升了起来，他沉醉其中，反复回味着刚刚的甜蜜……这一夜，他失眠了。

自从这一夜之后，王小波和周海蓉两个人无论在饭堂就餐还是偶尔见面，都有些拘谨和不自然。作为医生，海蓉很快就从这次和小波的身体接触造成的困扰中走出来，她逐渐开朗起来。

女人是爱的源泉，只有打开泉口，爱才能源源不断地流出；女人是一本书，只有读懂她，才能真正地看到她的精华；女人是爱的天使和尤物，只有用心呵护和追求，才能得到她无私的奉献和给予。周海蓉是高学历、高品位的女性，又年长小波几年，弄懂她不是一件容易的事情。自从那夜以后，王小波只要见到海蓉就像老鼠见到猫一样，拘谨、羞怯，甚至躲避，海蓉反而有时主动和他搭讪讲话，慢慢地，小波也逐渐恢复正常了。

8月下旬的一天，一场大暴雨把一些竹棚吹坏了，竹墙东倒西歪，散落得到处都是，房顶的木板也被掀起来不少，大家忙着修缮，很快就修得差不多了。

9月6日晚上，劳碌一天的女兵们陆陆续续地到洗澡间冲凉，因为都是集体宿舍，配套的是公用冲凉房，使用的是通过水塔过滤消毒过的井水。冲凉房的墙裙除了竹叶以外，又加固了一层防水纸板，尽管这样，天长日久，也破损了不少，尤其是经过前一段时间的风雨，破损情况更严重了一些。晚上8点多，海蓉和护士小王从卫生队值完班刚回到宿舍，就拿了件睡衣来到冲凉房冲凉。冲凉房中间有一个大池子，20个冲凉用的水龙头隔着池子排列在南北两侧，每个水龙头旁边都有挂衣服和毛巾的挂钩。这时，其他女兵都冲完凉走了，她俩匆忙冲洗了一下，打算顺便把衣服也简单地洗一下。夏天热，她俩光着身子边洗衣服边不时聊着天，既舒服又放松。突然，"砰砰！砰砰！……"响声把海蓉和小王吓了一跳，海蓉小心翼翼地环视了一下空旷的大冲凉房，微黄的灯光下，除了她俩空无一人。"啥情况？"海蓉说着，急忙用毛巾挡住了身体。她仔细察看，发现东南角靠近墙脚的地方有一个几厘米的缝隙，有手指在拨弄竹叶和纸板。海蓉不露声色地暗示小王马上穿好衣服去警卫排报告。于是，小王急忙穿好衣服就去警卫排叫人去了。海蓉也穿好了衣服，装作若无其事的样子继续洗衣服。

"不许动！是谁？"一声命令传来，好像是排长肖雄的声音，接着，一道刺眼的手电筒光线射向冲凉房外的黑影，黑影也随即站了起来。

"排长，是我，小波！"

霎时，肖雄和警卫排的两名战士、海蓉、王护士都很惊讶，把目光聚在了王小波的脸上。

"怎么是你？黑灯瞎火的你在这干吗？这是女冲凉房啊！"

"这，这，这我知道啊！昨天在饭堂吃饭的时候海蓉告诉我她们的冲凉房坏了，过路的人隔着缝隙就能看到里面的人洗澡。所以我今天下班吃完晚饭就过来帮她们修补一下，你看锤子、铁钉和纸板都在这儿呢。"

"那你也该白天来修补啊！"肖雄说道。

小波辩解："白天值班我没空，再说只有晚上看哪个地方露出光线，才能找到缝隙啊！白天咋能看出来！"

两人各说各的道理，相持不下。于是，肖雄就命令两个战士把王小波押送去了团部，听听首长的意见再定性。海蓉和小王用水桶拎着衣服也返回了宿舍。海蓉心想，早知道是小波，她就不让小王去报告了。现在事情闹大了，她心里七上八下的。团部的意见是，在没有搞清楚之前，对此事不做处理，风平浪静的几天过去了，小波依然按时上岗值班。

9月10日上午10点，军务股长章新民找到王小波谈话，劝说他退伍。小波一听，如五雷轰顶，全身都瘫下来了，问让他退伍的原因，章股长说是组织研究决定的。小波一听就傻了，是哪一级组织啊？他都不知道找谁辩白、申诉，只好心灰意冷地向宿舍走去。一回到宿舍，他蒙头躺到床上，中午饭谁叫也不吃。

当天下午，排长肖雄找他谈话，语重心长地说："小波，我一直把你当兄弟看待，让你退伍我也感到有些突然，不过这次全团复员和退伍的官兵将近200人，又不是你一个。这次退伍与以往不同，就是组织安排加个人自愿。内部会议的精神是考虑到过些日子，全部官兵原则上集体就地脱军装，转业到深圳当地，改编成深圳建筑企业。深圳经济特区刚成立不久，需要一支建设大军，你也知道咱们是基建工程兵，技术好，战斗力强，建设经济特区刚好需要咱们这样的建筑队伍。但是，深圳经济特区刚建立，条件很艰苦，有些家庭条件好的官兵可能选择回乡就业，农村出来的或家庭条件差的可能会选择留下来在深圳工作。还有一种人，就是表现差的或受过处分人员，强行让其退伍！"

听到排长这些话，小波明白了，还是因为前几天修补女冲凉房惹的祸。心想，只能死马当活马医了！他决定在这关键时刻放手一搏。

　　解铃还须系铃人，他决定去找周海蓉想办法。第二天一大早，他得知周海蓉白天不上班，就赶到她宿舍找她：海蓉是正连级干部，有单独的房间，谈话也方便。到了海蓉宿舍，他也不管隔壁是否有人，见到海蓉就痛哭起来。海蓉给他倒了一杯水，关心地问："小波，你咋了？不是这几天上班好好的吗？怎么突然这个样子啊！我听说你们警卫排你是最刚强的一个兵，最不爱流眼泪。为啥？和我说说，看看我能否帮你？"

　　听到海蓉暖心的话，他哭得更厉害了，像孩子见到母亲一样，包含着委屈、凄凉、无助和哀求。周海蓉的心都被哭碎了，也跟着流起眼泪。海蓉拿出一块绣花手绢帮他擦眼泪，他一下子抱住了她。

　　"你是让我帮你解决问题还是一直哭下去啊？像不像男人！像不像军人！"王小波听到周海蓉严厉的口气，止住了眼泪，放开了她，叹了口气对海蓉说："海蓉姐，我今天既是请你出面帮忙也是向你告别的。股长和排长都找我谈话了，让我近期退伍，我想主要是因为前几天晚上给你们修补冲凉房的事，领导误会我了。这个事只有你能说得清楚，因为那天早上咱们在饭堂吃饭的时候坐在一起，你说女冲凉房坏了不少地方，刮风下雨风就飕飕地吹进来了，也不安全。我听了以后就记在心上了，于是，晚上就借着灯光看得清楚些去修补。我没有偷看你们女人洗澡，我要是撒谎天打雷劈，不得好死！如果组织上决定让我这样退伍，我感到羞耻、丢人，还不如死了好！咱们都是衡阳老乡，但我家是在农村一个贫困的小山沟。我弟兄四个，每个人1亩地，都是水田，还在山坡上，遇到大旱年份，收成不好，连吃饭都是问题。弟兄多，家里又穷，娶老婆都难，回家有可能打一辈子光棍。没考上大学，没有出路，所以我立志参军当兵干出一番事业，争取入党、提干，为国家做更大贡献，实现我的理想和抱负。在同年入伍的战友中，我第一个入党，而且入伍一年就入党了。当兵五年，先后荣立三等功一次、团嘉奖两次、团标兵两次，基本上年年都是先进。部队就是我的家，失去这个家，我活着还有啥意义啊！你是最了解我的，从团部在武汉一直到深圳，咱俩都在一个大锅里吃饭，我的人品和事业心你最清楚。那天晚上喝醉的时候，我过于冲动，是我不对。但我是一个有血有肉的男人，我不是铁人，我有七情六欲，我对你有爱慕之心。但部队有规定，允许你们军官谈恋爱，不允许我们士兵谈恋爱，你能体会到我的感受吗？"说着小波又哭了起来。

"那天你醉酒的事我对谁都没说,也原谅你了。至于这次晚上修补我们女冲凉房的事,我不知道是你,我自己也后悔当时太过于莽撞了。这样吧,到9月14日宣布退伍名单只有几天了,逐级汇报、请示建议你留下来,时间肯定来不及了,我只能硬着头皮直接找老团长帮忙了。再说你前几年给他当过公务员,他对你还是了解的。后来你虽然去了警卫排,但实际上也算一直在他身边工作,他熟悉你。我试一试吧!"周海蓉说道。

"如果这次真的让我退伍,也算是向你告别吧。我只能认命了!"小波随后说道。海蓉听后心里酸酸的,眼圈也湿润了。

送走王小波以后,海蓉看时间尚早,就急忙去团长严华阳家里。严团长住在团部后面的家属宿舍,只有两间房子,外面是会客厅,里面是卧室。严团长看到海蓉来了,急忙招呼她坐下:"蓉蓉,你好久没来我家了。"严团长一边说一边把夫人向梅从卧室里叫出来给海蓉倒水喝。

"严叔叔,我今天来是有个急事想请您帮忙。"

"啥事?孩子,你说吧,我知道你一般是不会向我开口的。"严团长看到海蓉满脸汗水,递过毛巾让她擦擦汗。周海蓉就把王小波的事情和请求一五一十地向严团长做了陈述和汇报。严团长看到海蓉说到动情之处,有些反常甚至激动,就详细地问了起来。

"孩子啊,你今天不来我家,我也正打算让你向阿姨叫你,昨天你爸又给我打电话了,聊起我们一起抗美援朝的老战友的情况,聊了很久,最后特别给我下达命令:要么你转业回家,要么赶快嫁人。他说今年你都28岁了,他都离休两年了,一心想带外孙呢!"严团长喝了一口茶水,向梅削了一个苹果给海蓉吃。

严团长接着说道:"最近确实内部发了文件,过几天就会宣布上级命令,原则上尊重个人意愿,愿意转业到深圳的就留下来,不愿意留下来的就复员或退伍回家乡,但是表现不好的一定会被强制复员或退伍。干部或志愿兵的名单昨天干部股报给我了;战士不用上报我审批,只需军务股审定即可。小波虽然是副排长,但不属于正式干部,我稍后了解一下小波的情况,如果确实像你说的那样,我就同有关部门商议一下把他留下来。今天上午,咱们团部附近新狮村的一位军属王大娘也来反映过王小波的事情:王大娘的儿子在罗浮山当兵,她丈夫前年去世了,她在去年年初得了尿毒症,每周需要到梅林医院透析一次。她60多岁了,行动不便,王小波知道后,就每周五不值班的时候或调班蹬着三轮车接送王大娘去医院做透析，来回要 10 多里路，又都是坑坑洼洼的泥巴路，小波可以称得上是活雷锋。可能小波也向王大娘告别了，一大早大娘拄着拐棍直接找我来了，强烈要求把小波留下来，还推荐我们要重用他。说他是很好的解放军，还打算让他儿子回来给咱们部队写封感谢信呢！虽然她讲的是广东话，我大部分还听得懂。"

下午，严团长在办公室召集军务股长章新民和有关人员对王小波退伍事情进行了专门研究。大家认为他表现还是优秀的，虽然修补女冲凉房这件事有些莽撞，但也是好心，只是方式方法上欠考虑！严团长最后说："王小波给我当了两年公务员，我对他的表现还是认可的，再加上各个方面的突出表现和群众反映，就留下来吧，作为后备干部培养！"严团长为人正直、豪爽，不徇私情，他的话很有权威性，王小波终于留在了部队，留在了深圳。

晚上下班后，海蓉来到严团长家吃晚饭——向梅包了饺子，特意打电话让她过来吃饭。在抗美援朝的时候，海蓉的爸爸是严团长的排长，严团长是副班长，两人一直没有断联系，尤其是海蓉军医大学毕业后分配到基建工程兵序列，开始在北京兵办医院上班，后来老严来到 G006 团当团长，卫生队缺人手，就把海蓉调到他这个团来了。海蓉在老战友手下当兵,她爸爸也省心,随着年龄的增长,海蓉的爸爸经常聊起海蓉的婚事,严团长也一直记在心上了。海蓉刚坐下,严团长顾不上寒暄就谈起王小波的事情:"蓉蓉,你早上对我说的王小波的事,基本定下来了,让他留在部队。"

"谢谢严叔叔!您帮我大忙了!"周海蓉脱口而出,满脸笑容,甚至有些欣喜。向姨望了她一眼,面带微笑说:"王小波留下和你有啥关系,怎么说帮你的忙啊?"海蓉白皙的脸上顿时泛起红晕。她忙解释道:"哦,阿姨,没有其他意思,就是说他托我办的事叔叔给办成了,我很开心!"一向不苟言笑的严团长也微笑着说:"蓉蓉,既然你对小波这么关心,有好感,说他有事业心,人品又好,对他推心置腹,无话不谈,你爸妈又催我给你物色对象,你和小波认识好几年了,非常了解他,我作为介绍人,就给你们牵牵线,做个月下老人如何?"海蓉沉思了一下说:"我还没细想过这个事,只是觉得他这个人有很多优点,至于嫁给他我还没想过。再说我比他大三岁,小波是否愿意也不知道。"严团长听她这样说,心里基本上有底了:"我们山东有句俗话:女大三,抱金砖,女命带男命,男命带学生。这俗话有的时候也是有一定道理的。你们两个都很优秀!你是不是嫌弃他是个士兵,你是军官?""不不,严叔叔,我没有嫌弃他的意思,只是觉得有些突然罢了。"海蓉急忙辩白。严团长看她对这件事情并不拒绝,就让海蓉先找小波谈谈,自己也打算和她爸爸聊聊。

12日早上,小波和海蓉都不值班,两人相约来到海蓉的宿舍。由于近期两个人接触频繁,尤其是男兵单独进入女兵宿舍很显眼,一些人已经开始窃窃私语说他们的闲话了,甚至看他们的眼神都不一样。小波躲过好几拨人,东躲西藏像做贼一样总算溜到海蓉宿舍,赶忙让海蓉把门关上,这才松了一口气。以前,小波遇到海蓉都很自然,自从那次醉酒后,他见到海蓉就有些拘谨、羞怯——这才早上8点多,气温还没升起来,他后背的衣服就被汗水湿透了。海蓉看到他紧张的样子,既尴尬又好笑,就招呼他坐在凳子上,自己坐在床边。小波没等坐下来,就迫不及待地问:

"我留下来的事有希望吗?团长咋说的?"

"你看你急的!"海蓉给他倒了一杯水,"应该是没大问题,但是一天没有公布退伍人员的名单都没有十分的把握。我也不给你兜圈子了,我想问你,如果不退伍,留在部队,转业后能当上工人,吃上商品粮,你会留在深圳永远干下去吗?你今年也25岁了,对婚姻有啥打算啊？"

小波犹豫了片刻，说："这个……如果能留下来当工人，不回家当农民种地，咋都行！婚事我从来没有考虑过，军规如山，我们当战士的哪敢谈恋爱啊！也没资格谈啊！再说我是否能吃上商品粮还没底。"

海蓉见小波扭扭捏捏的样子，为了缓和一下他紧张的情绪，说道："假如团长把你留下来，他再给你介绍个对象，那你能接受吗？"

"能！我保证能！绝不反悔！"王小波突然站起来，俨然像士兵给领导敬礼一样，很干脆地表态道。

"哎！我还没有告诉你团长介绍的对象是谁啊！"

"团长介绍的对象肯定相当好了！"

海蓉听他这样说，既开心又失落，心里有种说不出的感觉，好久没说话。小波看出海蓉的情绪不对，也觉得有些话说得太快了，急忙解释说：

"海蓉姐，对不起！我是不是说错什么话了？"

"你先回去吧，该说的我都给团长说了，一切听从组织安排吧！"

小波告别海蓉，忧心忡忡地回到宿舍。下午3点多，排长肖雄通知王小波去团长办公室。到了团长办公室，行过军礼之后，团长让小波坐下，简单地问了他最近的工作情况和表现，然后说：

"小波，你也听说了，最近部队变化很大，有复员的、退伍的，还有转业留在深圳搞建设的，你的申请组织上基本同意，让你留下来同我们一起集体转业，在深圳搞建设。再就是你个人婚姻问题，我也做一次红娘，不过不是命令，我还是想听听你个人的意见。我想给你介绍的对象是周海蓉，你们两个都跟随我好几年了，我了解你们，我和海蓉的父亲十几年前都住在衡阳军区大院，我看着海蓉长大的，她爸爸也委托我给她物色对象，不知道你想法如何？"

一听到团长介绍的对象是海蓉，小波高兴得几乎要跳起来。他有些不敢相信：

"团长，人家海蓉是大学毕业，又是连级军官，我是一个小义务兵，她能看上我吗？我还听说她爸是高干，就这一个女儿，论条件我们差距太大了，我想都不敢想！"

"那意思是你对海蓉没有意见是吧？她可比你大3岁！"

"团长，只要她没有意见，我一百个愿意！我会好好待她，她在深圳我在深圳，她如果以后回湖南我跟随她到湖南。"

"你父母的意见是否需要征求一下？"

"团长，不用，他们高兴还来不及呢！我家里穷，回家也不一定能娶上媳妇，只要海蓉不嫌弃我是农村的就好了！"

严团长听了小波的表态，站起来拍了拍他的肩膀说："好吧，那就听我安排吧！"

从团长办公室出来，小波心里美滋滋的，恨不得马上飞到海蓉身边。但他还是思量了一下，觉得不能再莽撞了，不能在这关键时刻再出岔子了。于是，他压制着内心的喜悦回到了宿舍。

9月13日晚上8点，大家吃完晚饭以后，警卫排的战士迅速收拾了6张餐桌，摆上了喜糖、瓜子和水果，靠东头墙上挂上了一幅红色条幅，上面写着"王小波周海蓉结婚典礼仪式"。过了一会儿，团长、政委、警卫排的部分战友和卫生队的部分战友都来了，约60人，基本上都是王小波和周海蓉所在部门的战友，没有通知机关其他部门和连队的战友参加。

没有婚宴和美酒，婚礼很简朴。婚礼由警卫排长主持，团长当主婚人，政委当证婚人。警卫排的战友们给王小波赠送了一台收音机，作为男方家私；卫生队的战友们给周海蓉赠送了一床红色被子，作为女方嫁妆，在

第一章　告别军营

被子的四个角上还装进去一些红枣、花生和瓜子，寓意"红红火火，早生贵子"。团长送的结婚礼物是一对枕套和一对枕巾，政委送的结婚礼物是新郎新娘每人一支英雄牌钢笔。本来打算邀请双方父母来参加婚礼，海蓉的父亲对严团长说："你完全可以代替我，一切从简，一切由你做主，既然两个年轻人认识好几年了，又互相了解，早点把婚事办了吧，我也省心了！"小波的父母在农村，没出过远门，不识字，连个地名都不认识，山区交通也不方便，所以也没有来。在这种情况下，严团长就抓紧把两个年轻人的婚事办了。转业地方以后建制是否有变动，他心中也没底，他想：也许这是G006团操办的最后一次婚礼了。想到这儿，他左手习惯性地往后捋了一下花白的头发，刚毅、黝黑、镇定、冷静的脸上闪过一丝微笑。

自从那天晚上小波醉酒倒在海蓉怀抱里，海蓉心中的爱河已经泛起了漪涟，一直荡漾。她从小在部队大院里长大，上的大学又是军校，毕业后又在部队工作和生活，接受的都是严谨得近似刻板的训练，没有机会接触男女感情问题。她平时工作态度严谨，为人做事矜持，个性不卑不亢，在别人看来有些高傲和冷艳；实际上，和她相处时间一长，就会发现她是一个外冷内热的人。

她出身高干家庭,学历又高,卫生队也有几个小伙子想和她谈恋爱,但怕吃闭门羹,后来都望而却步。一晃,海蓉就28岁了,也算是大龄青年了。小波无意的闯入,打开了她爱的心扉,使她难以平静和忘怀,她满脑子都是小波的音容笑貌,被他触摸的感觉总是时时浮现,夜静更深,她总是会情不自禁地幻想和他的未来……她实实在在感觉恋爱了!由于矜持的性格,她看似外表平静,实际内心的爱早已波涛汹涌;所以王小波恳请她找团长把他留下来的时候,她义无反顾地当成自己的事赶快行动起来,没想到成全了小波,也使她朝思暮想的爱情变成了现实。也许这就是缘分吧。

举办完婚礼,护士王卉和几个战友陪同王小波和周海蓉把收的礼物带回海蓉的宿舍,床上用品就直接铺在床上了。下午的时候王卉她们几个已经把海蓉的房间收拾好:把原来90厘米宽的木板床换成了1.2米宽的木板床,上面铺上了一层棕垫。窗户和门上都贴上了"囍"字,靠窗子的桌子也铺上了一层粉红色的塑料台布,门后是洗脸盆,洗脸盆支架上搭着两条毛巾。部队的住房很紧张,这样的条件已经不错了。已经是晚上10点多了,一切收拾就绪,几个战友又陪他们聊了一会儿就各自散去了。

第一章 告别军营

战友们一走,小波就迫不及待地抱住了海蓉,海蓉说:"你看你一身臭汗,还不擦洗擦洗!"小波这才意识到,忙活一整天了,两人都还没去洗澡,天气又热,衬衣都湿透过好几次了。他看着海蓉傻笑着:"我先帮你擦擦吧,你今天也出了好多汗!"海蓉害羞地把他叫到跟前悄悄地说:"把日光灯关掉,太亮了,只开着床头桌子上的台灯就行了,说话小声点,这竹棚房子不隔音!"小波听后猛然醒悟过来,急忙把日光灯关掉了,小心翼翼地来到床边,打算帮海蓉脱衣服。海蓉的脸庞红扑扑的,说:"你自己先来,我一会儿自己来,你再把台灯调暗一些。"小波脱掉衣服,只穿着部队发的草绿色的大裤衩,用了一桶水,擦了两遍,感觉舒服多了。他把电风扇打开,海蓉把电风扇角度调整了一下,避开直接吹风。

9月初的深圳,依旧是热浪袭人,一丝微风也没有,只听到蚊子在黑暗中"嗡嗡"叫个不停。月亮还没有露脸,天空繁星闪闪,一颗流星划破天空留下一条长长的尾巴,窥视着竹棚下青春的身体在热浪中翻滚、交融,直到释放出最后一丝力气。小波紧紧地抱着海蓉,含情脉脉地说:"我的初恋!我的爱人!我的好妻子!"海蓉的脸上布满泪水,沾湿了小波宽厚的胸膛,温暖着他的心。

"咚咚！咚咚！"忽然传来的敲击声把两人吓了一跳。"忙活完啦！我们几个还没有听够呢！"海蓉的脸刷的一下子红起来。隔壁就是王卉和卫生队战友的集体宿舍，住着十几个女兵。两个房间之间只用一张三合板隔着，上面房顶又是通的，根本不隔音。虽然海蓉尽量压低了声音，但忘情中小波并没有太在意她的提示，他兴奋、粗犷的声音和床铺吱吱的响声一定被她们都听到了。海蓉尴尬极了，笑骂道："王卉！以后你结婚的时候看我怎么收拾你！""蓉姐，还有姐夫，洞房花烛夜如果没有人听房还不好呢，明天你们夫妻两个请我们喝喜酒才对，我们几个穿着短裤，被蚊子咬，汗流浃背，给你们新婚夫妻站岗放哨多累啊！"王卉贫嘴回应。海蓉无奈地说："好啦好啦！我的好妹妹，我最亲密的战友们，辛苦你们了，天不早了，快睡吧，明天还上班，妹妹们，晚安！""晚安！"王卉和几个战友回答道。

新婚之夜，爱意浓浓，两人都没有睡意。但房子不隔音，经过"听房"这段插曲，两人也不敢讲话，也不敢大动作了。蚊子也来凑热闹，虽然后来支起了蚊帐，但两人还是被咬了几个疙瘩。直到凌晨2点多，夫妻俩才相拥着沉沉入眠。

明天，他们就要告别军营了！

第二章

弄潮商海

两万基建工程兵集体转业,改编为深圳市属建筑安装施工企业。在激烈的市场竞争中,他们不辱使命,建成深圳第一座高楼,创造了三天一层楼的深圳速度,修筑了深圳第一条最长的大道……

四十年来,哪里有需要哪里就可以看到他们的身影,他们保持着军人的奉献精神和牺牲精神,他们的灵魂和肉体,早已与深圳经济特区紧密地融合在一起。基建工程兵,他们是拓荒者,是最可爱的人!他们在深圳的历史上,铭刻下光辉灿烂的篇章。

艰难的转型

1983年,在深圳的基建工程兵就地转业,两个师部机关合并为特建集团,下辖8个团改编成立8个建筑公司。1支队的支队长王鹰任特建集团董事长,政委刘子文任党委书记,2支队的支队长张军任总裁,支队各处处长或部长担任集团中层部门负责人。8个建筑公司的总经理和党委书记分别由原来各个团的团长和政委担任。原来各个团承建的工程继续做下去,深圳市政府又给了一些工程。就这样,两万基建工程兵告别军人身份,跳入了市场经济的汪洋大海中。

深圳的建筑市场面向全国开放,全国各地实力雄厚的建筑企业纷纷抢滩深圳,先后在深圳建立分公司或项目部,只有十几万人口的深圳在一年之内就来了上百家大型建筑企业,其中不乏中建、华西、华泰、华建等大型企业。深圳市政府计划投入的基建项目并不多,资金也是逐步安排的，建筑市场出现了"僧多粥少"的局面。而刚刚成立的特建集团在资质、施工技术、机械设备、人力资源、资金实力等方面都处于劣势。基建工程兵是为了适应战争的需要而组建的，其任务是建机场、公路、隧道、桥梁、军事地下工事等，建房子是后期才开始的。如今，深圳经济特区要建设的大部分是高层建筑，33层以上的高楼很普遍，建设这样的高层建筑对于工程兵组建的特建集团来说是前所未有的挑战。可是，脱去军装转制为企业，就要和同行竞争、抢饭吃，要有活干才有钱赚，才能吃上饭，才能发展。

从1983年9月15日集体转业，到1984年底，特建集团的困难显现出来了——资金短缺：转业的士兵们需要地方住，特别是转业到深圳的师级和团级干部，在部队的时候基本上都住家属楼，有的甚至是住将军楼或单元式住宅，现在来到深圳安家落户，建设自己的住宅就成了最基本的需求，这就需要资金；有些公司承接了高层建筑，需要资金购买设备，否则工程没法开工；有些公司好几个月没接到工程，工资发不出了，工人和家属都快断粮了，甚至有些工人拿不到工资直接辞工回原籍去了……一份份报告呈报到集团总部、呈报到市政府有关部门，甚至上了市长办公会议。

对特建集团面临的种种困难，深圳市政府高度重视，分管副市长带队深入调研，现场办公，解决问题，有些重大问题市委书记和市长亲自参与解决。市政府快速出台了几项力度很大的扶持政策：

一是解决夫妻两地分居问题。为了解除转业干部、志愿兵和部分骨干的后顾之忧，使他们安心工作，扎根深圳，优先解决6000户两地分居家庭的户口问题，把配偶的户口迁移到深圳。

二是减少"养人"的压力。分流6000人到政府机关、事业单位和有关企业工作，尤其公安、消防、法院、边防、武警、保安公司等单位分配去的人较多，因为这些单位的岗位转业军人们更容易适应。

三是实行"贷改拨"，减轻企业资金压力。对特建集团的一部分贷款按照行业归口管理，作为注册资本金划归企业，本息由政府承担，实行国有控股。

四是无偿划拨土地，在各个建筑公司的生活基地建家属楼，并配套划拨小学、幼儿园和医院用地。

五是部分税种税收减免。

这些重大优惠政策的出台，稳定了人心，激发了广大干部职工的工作热情。但是，发展才是硬道理，政府的帮扶是一方面，企业要想发展需要有利润，大家需要有工资养家糊口，而工程是凭投标获得，没有工程做就没有收入。

1984年12月6日下午2点，特建集团董事长王鹰召集大家开会，参加人员主要是下属八家企业的党委书记和总经理，会议的主要目的是听听基层的意见。在会上，大家充分肯定、体会到政府给予的支持和帮扶，但问题仍很突出：写申请要求离开深圳的人越来越多，尤其是有三家公司好几个月没有接到工程了，职工每月只能发基本生活费，与效益好的公司相比差距太大——效益好的公司有基本工资、效益工资和奖金，各种福利也不错。

为了了解申请离开深圳人员的真实情况，集团党委书记刘子文带领人事部有关人员到各个公司调研摸底。

在一建公司，调查组约谈了第二分公司副经理王毅。刘子文问："听说你工作表现不错，在部队还是个副营长，为何申请调回原籍工作呢？""报告书记和各位领导，我岳父是县长，他也快退休了，和有关领导也说好了，把我调回去进公安局，任职副局长，刚好有位副局长52岁到内退年龄了，这是个机会，我经过慎重考虑还是决定回去，请组织上给予考虑！"

在二建公司，约谈对象是一个75年的兵，叫张进军。张进军说:"我家是农村的,父母年纪大了,父亲中风瘫痪了,我弟兄两个,需要轮流照顾老人,我联系好我们县城的建筑公司,回去继续当瓦工,建房子,这样既可以当工人又可以照顾老人。"

在三建公司,约谈的是80年兵李涛。他说:"我刚结婚两年,家里父母刚刚给我盖了五间瓦房,条件在村里还不错,父母认为我搞建筑业比较辛苦,上高楼又危险,怕出意外,一定让我辞工回家。"人事部张经理问道:"那你这是辞去工作,等于由工人变成农民了,身份变了。当工人可是吃商品粮的,是铁饭碗啊!""这我知道!"李涛答得还有些底气。

到了四建公司,约谈的是一位78年兵,叫童玉,是分公司材料员。他申请离开深圳的理由是:"我爱人是独生女,在老家县城纺织厂工作,当会计。她说两地分居她受不了,如果我不回去就离婚。她已经帮我联系好我们县城烟草公司了,在基建科上班。"

到五建公司,访谈对象是77年的兵,叫林江,黑龙江人。他回原籍的理由是,他原来一直在北方,去年来到深圳后,水土不服,皮肤经常起疙瘩,浑身瘙痒。他是电焊工,黑龙江省建筑公司同意接收他。

到六建公司,访谈对象是卫生队医生黄惠。她回去的理由是，她爱人在北京，原来是某团团长，10月份刚转业到北京某机关，希望她调到北京工作。北京的教育和医疗条件都比深圳好，她选择到北京去和爱人团聚。

  到七建公司，约谈的是69年的老志愿兵李楠。刘子文问他："你是志愿兵，享受的是干部待遇，老婆孩子户口也来了，为何还要离开深圳？回去调到啥单位？""哎！说出来有些不好意思，我们分公司两个月没发工资了，发的生活费也很少，我老婆又没工作，一个月都没有吃过肉了，每天都是吃点土豆、大白菜，连豆腐我老婆都不舍得买，基本上没有买过好菜；住的竹棚又漏雨，儿子三岁了，长的头大，身子瘦小，黄头发，好多战友和老乡说孩子营养不良。我们是农村的，弟兄两个，哥哥在国外成家了，十多年都没回来看望父母一趟。父母年龄也大了，种的庄稼一到浇灌的时候就需要花钱请别人帮忙，去年夏天没雇到人，晚上排队抢水浇庄稼，我父亲一不小心摔到水沟里，把腿摔断了，到现在还不能自理，是我年迈的母亲操持着这个家。我回去就是当农民种地！"说着说着，李楠难过得流下了眼泪。刘子文的眼眶也湿润了，他心想：这都是我带的兵，都是一起乘坐同一列火车皮来到深圳这块热土上的！刘子文让人事部经理通知公司工会：像这样的困难户,无论是否离开深圳,都要给予精神上的关心和物质上的帮助。

在八建公司,访谈的是71年兵任坤。任坤拄着拐杖来到工会办公室。面对刘子文的询问,任坤说:"你们都看到了我的情况。去年10月份,我在施工中受伤,钢筋穿透腰部,几根肋骨也被钢筋砸断了,被定为六级伤残。现在是保留公职,每月领取补助。在深圳生活成本高,因此我要求回老家农村生活。"刘子文点了点头,说道:"保重!"

经过调研,最为突出的、普遍性问题是职工的夫妻两地分居问题。大家希望每年都增加一些入户指标,放宽条件,多解决工程兵家属的实际困难。这是大部分同志要求解决的共性问题。

回到集团办公楼后,刘子文直接去了董事长王鹰的办公室。刘子文把到基层的摸底情况简单地介绍了一下,王鹰听后心里也沉甸甸的。于是,又指派总裁张军率领工程部相关人员到建筑公司和工地去察看工程方面的情况。这次是随机抽查,张军没有和任何公司打招呼,他想了解基层真实的情况。

他们首先去了竹子林,那里有三个建筑公司,人员比较集中。

首先到五建公司。张军到职工宿舍转了一圈儿，宿舍空空的，工人们基本上都到工地干活去了，只有机关办公室里还有些人在忙着搞预算，看图纸，收付款，有些干部见过张军，会主动打个招呼。

到四建公司，两个分公司正在建设自己的家属宿舍楼，分公司经理说：最近没有接到大的工程，任务不饱满，只能先建自己的住宅，大家不能闲着啊！

到三建公司，一行人正在查看工人宿舍，三建公司总经理赵达志老远就看到他们，热情地把张军请到办公室喝茶。三建公司成立快两年了，还没有自己的办公楼，总经理办公室就是一间竹棚，有15平方米左右。靠里面是一张办公桌，靠外面摆着一张木制的小方桌，可以围坐六七个人，小凳子都是竹子编制的，开会、喝茶都在这儿。赵达志介绍了公司的一些具体情况：下面10个分公司，有一半有活干，有一半闲着。他也说了自己的苦衷：

"张总，咱们来深圳快两年了，整体上看咱们的工程质量和建设速度还是很好的，但很多时候就是拿不到工程。前两天一个包工头提醒了我一下，他说：你们当兵的就是太正统、死板，要想拿到工程，特别是利润高的基础工程和政府的市政工程，需要给某些人打点一下，这是行规，也是潜规则。他也暗示我，如果我们的工程分包给他，他说会按照一定的比例给我回扣。我当时没有太在意，现在回想起来，在建筑行业，这种不正之风还真有。"

张军说道："这种现象确实存在，而且还不是个别的。咱们找工程有求于甲方，是需要做些工作，包括日常的一些礼仪接待、聚餐交流、重大节日的拜访。增加甲乙双方的交流是应该的，但要是为了获取工程去行贿，去送很多金钱或美色给甲方，这个咱们是不允许的。这些灰色的支出也没法入账，也经不起检查，一旦出现问题害人害己，千万不要做这些违法乱纪的事情。咱们一定要凭咱们的质量和速度获取工程，这样才是正道，才会走得长远！你们反映的这些问题，我一定代表咱们特建集团向有关部门和领导反映，尽量给大家争取公平竞争的机会！"

赵达志又说："张总，咱们都是市属企业，每年国资委都给下达经营指标，要求完成多少利润，并且还要上缴，既然这样，我们强烈要求市里的重大工程优先给咱们市属企业做，肥水不流外人田，手心手背都是咱市里的，建议您向市里有关领导和部门争取一下这些方面的优惠政策，哪怕是一部分好的工程向咱们适当倾斜一下也好啊!"

"你说的这些要求我们也向市里有关部门反映过，市里分管领导也开导我们，深圳是全国人民的深圳，全国人民都支援深圳，尤其建筑市场是开放的市场，咱们单独搞一些特殊政策不合适，要公平竞争才是长久之计。"

下午，张军带队来到"治理深圳河淤泥清理工程"项目工地。深圳河从上游牛尾岭到下游深圳湾出伶仃洋，共37公里，多年以来河水断断续续，水流正常的时候还好，到了枯水季节，有些河段的淤泥又黑又臭，污染也很严重，所以三两年就要清理一次。这条河毗邻香港，如果不及时清理，散发出来的臭气，几个口岸都会受到很大影响，所以，市政府历来都把治理深圳河作为一项长期的惠民大事来抓。下午3点，张军等人来到位于罗湖口岸与皇岗口岸中间的河段，几百名工人有的挽起裤脚，有的打着光背，赤脚站在河边的淤泥里一锹一锹地把淤泥装到翻斗车里运到岸上。工人们都被晒得黑乎乎的，好多人都晒脱皮了。张军看到这种场景，既心疼又充满了自豪。这就是我们的军队！这就是我们的军人！无论是战争年代还是和平年代，军魂是最宝贵的财富！他好像又回到对越自卫反击战中，战士们铺路搭桥让大部队前进的情景；好像又回到修筑天山公路，一排排战士冒严寒斗风雪的场景……

第二天上午，张军率队来到正在建设中的白芒检查站。临近12点，骄阳似火，工人们正在铺混凝土，发出"隆隆"声响的搅拌机在不停地拌着水泥和沙石。为了少进材料，减少开支，十几个工人在附近的山坡上光着背，抡着大锤和铁钎在开采石料。张军赶过去，看到有的工人手掌磨出了血泡，有的人被飞溅的石粉染白了头发和脸颊，连眼睫毛上都浮着白花花的石粉。张军让人从车上搬下来一箱汽水分给大家喝，趁着工人们喝水休息，张军向工人们了解了这个工程的进度和甲方情况。临近午饭时间，工号长坚持让张军一行留下吃午饭，张军也就没客气，决定在这和大家一起吃饭。一个大锅就架在附近，烧火用的柴火都是在附近捡的树枝和树叶，炒了几盆菜：冬瓜炒肉片（说是炒肉，实际上一盆菜里只有几片猪肉，基本上都是冬瓜）、清炒空心菜、清炒土豆丝，一锅大米饭，一大桶绿豆汤。张军和工程部的几个同志一起蹲在草地上和大家共进午餐，边说边聊。张军心想，好久没有这样和大家野外就餐了，埋锅造饭的军旅生活好像又回来了，心里说不出的感慨。临走，按每人一餐6毛钱的伙食标准让工程部经理交给了炊事员，炊事员再三推辞，张军说："同志们，在部队的时候，很多士兵每月只有6块钱的津贴，现在虽然转业了，但还是艰苦创业时期，我知道你们目前只发生活费，工资都发不起，都不容易，伙食费一定收下，我们机关管理人员有规定！"听张军这样说，炊事员才收下了伙食费。

张军把这次到基层了解的情况向董事长王鹰进行了详细汇报：有一半左右的企业工程任务不饱满；有一部分企业没有承建33层以上高层建筑的资质；燃气、消防必须由专业公司施工，配合协调有难度；承揽工程时个别甲方存在明目张胆的索贿倾向；市政工程造价高，但很难争取到。王鹰董事长及时预约了分管副市长，准备第二天上午汇报工作。

第二天上午10点，王鹰董事长、刘子文书记、张军总裁准时来到分管副市长办公室，几个人从不同角度一五一十地向市领导进行了汇报，同时也提出了需要政府支持解决的问题，也提出不少建议。针对特建集团反映的问题和需求，市领导思考了一会儿，说："对于工程兵的事情，市委、市政府一直都很关心和重视，你们两万基建工程兵转业到深圳支持深圳建设，咱们就是一家人了，在深圳这样一个快速发展时期，有条件要上，没有条件创造条件也要上,你们几位也许都看到蛇口工业区门口矗立的'时间就是金钱,效率就是生命'的大招牌了吧,那就是深圳的口号!深圳的精神!深圳的灵魂!咱们政府还很年轻,面临很多困难,都在想办法解决。至于你们特建集团的困难,自己也要想办法,每个单位要有造血功能,不能一味依靠政府输血,企业确实解决不了的,比如职工家属的户口问题、企业资质问题等,我会向领导反映,也会责成有关部门尽快解决。但是生产经营方面的问题还需要你们多创造条件,多熟悉深圳的建筑市场,要发挥你们部队敢打硬仗的精神,敢于竞争,勇于迎接挑战。另外,我也建议,你们各家公司以建筑施工为主,也要考虑多元化发展的问题。目前深圳只有外贸进出口权没有放开,其他行业基本都放开了,你们可以从相关的行业入手,搞一些建材公司、混凝土搅拌站、工程造价咨询公司、采石场,甚至可以延伸到土地开发业务,也可以按照'三来一补'政策引进一些,也可以引进内联企业,采取多种合作模式。总之,要把视野放开阔一些,步子迈大一些。现在深圳经济特区刚建立,大量基建项目上马,需要很多建筑队伍,但是,若干年以后,当一个城市发展到一定规模的时候,建筑业市场也有饱和的时候。所以,你们从现在开始，适当地摸索、开展多元化经营很有必要。只有未雨绸缪，提前布局，早做打算，你们在深圳才会走得更长远，发展得更好！"

回到公司以后，王鹰董事长及时召开了党政联席会议，传达市领导的讲话精神，落实贯彻措施。大家在会上都大胆发言，提出了不少合理化建议，最终形成决议：

第一，按照目前完成的业绩和有关指标，从集团到各个法人公司分别申请相关建筑资质，拥有相关资质以后可以参加多方面的工程招标、投标，以便获取更多的工程，这是企业利润的主要增长点和原动力。

第二，成立设备材料集团、园林集团、装饰集团和若干混凝土搅拌站等，人员从各个建筑公司抽调，希望从干部到工人都要服从组织安排。这样做的目的，是在以建筑业为主业的基础上开展多元化经营，新成立的这些集团所开展的业务，都与建筑业息息相关，也是大家都熟悉的行业，说到底等于把这方面的利润留给了自己。

第三，随着深圳发展的进程和土地资源的开发，建议各个建筑公司申请成立"房地产开发公司"，这样等于又给各个公司扩大了经营范围，增加了利润增长点，同时也能解决一部分人的就业问题。这个一定要写申请报上级有关部门审批，待批复后再实施。

第四，关于职工两地分居和户口问题，这个涉及公安、粮油关系、民政等部门，需要政府决定，等待批复。

第五，关于外引内联问题，要充分利用好深圳出台的招商引资的优惠政策，多方位、多渠道引进合作伙伴，把双方的人力、技术、专利等资源进行整合，转化成收益，达到双赢，这是一种发展的趋势。

…………

从1983年集体转业到1988年初，两万基建工程兵来到深圳以后，复员的、退伍的、商调回去的接近1000人。在举步维艰中，转业的工程兵们克服重重困难，伴随着深圳的发展，乘风破浪，再创辉煌。

扬帆起航

1988年春天,王鹰就任副市长,分管国土、建设、能源、环保、城管等部门。张军继任特建集团董事长,杨铁心任总裁。深圳市政府为了搞好深圳的城市建设规划,本着高起点、高要求的目标,组织召开了"城市规划与建设研讨会",国土规划局、建设局、城管局等几个政府部门和特建集团等单位的主要领导参加研讨会,同时邀请了几名院士、专家以及香港和澳门的有关专业人士。大家在会上建言献策,谈得很详细,具有重要的参考价值和实际操作意义,为深圳的城市建设奠定了基调。不久,深圳市政府又组织有关人员到国内外建设有特色的城市考察,主要有北京、上海、苏州、纽约、伦敦、新加坡、东京等地。这些城市的建筑风格差异很大,各有千秋,比如:北京的古典式建筑,上海的摩天大楼,新加坡的城市绿化,伦敦的地下管网,纽约的华尔街，都值得学习和借鉴。通过一系列的有关会议和考察，深圳市政府对于深圳的整体规划有了新的设想，根据各个行政区的产业布局进行了调整，并且得到了上级的肯定。

8月份的一天中午，王鹰副市长刚刚午休，特建集团总裁杨铁心风尘仆仆地闯进他的办公室，秘书拦也没拦住。

"王市长，听说科学新城这个项目有30个亿，能否给咱们工程兵的建筑公司干，弟兄们今年接的工程任务还不饱满，再说咱们特建集团是市属企业，每年的利润大部分都上缴市政府了，肥水不流外人田啊！"

"你这个杨总啊！深圳的建设工程从来都是面向全国招标的，从来不搞地方保护主义，你不是不知道！再说这个项目与以往有很大区别，政府不预付工程款，也不按工程进度每月支付工程款，施工单位要垫资开发，全部工程竣工验收以后，政府才给结算。结算是一部分给现金，一部分补偿用地。你们能干吗？"王鹰从沙发上起来，一边披上白衬衣，一边对杨铁心大声说道。

杨铁心一听就蒙了，站在门口半天没言语，良久，才说了一声："哦！原来是这样啊！"说着，他从手提包里掏出一块白毛巾擦了擦额头上的汗珠，一丝愁容挂在了黝黑的脸上。

"坐吧,别傻站着,既然来了,就聊聊吧!"

杨铁心就把近期特建集团的情况向王鹰简短地做了汇报。王鹰听后,眉头紧锁,披着衬衣,里面套着白背心,在办公室走来走去,良久没有言语。突然,他说道:

"特建集团吃饭的问题基本解决了,效益好还可以多上缴利润。另外一个重要问题就是,咱们工程兵还有几千户两地分居的户口没有解决!而且大部分战友的家属在农村,这是个大事,咱们都是一起坐着闷罐车来的,两地分居的苦日子咱们都经历过,实属难熬,要尽快解决!你回去再写一份报告上来,我马上协调有关部门落实这个事。"

杨铁心听后紧锁的眉头慢慢舒展开来。接着,王鹰又就科学新城这个30亿元的工程项目对杨铁心交待了一番。

第二天,杨铁心在总会计师的陪同下去建行洽谈业务,建行的一位副行长接待了他们。听了杨铁心的介绍后,副行长很感兴趣,说:"杨总,你们垫资开发科学新城这个工程项目,需要30亿元的资金,时间跨度三年,这笔业务金额过大,可能要上报总行审批。建行是特建集团归口业务对接银行，国家明文规定对建筑企业给予优先支持，何况你们还是全资国有市属企业，我估计会得到支持。你安排财务尽快提供资料，尤其是可行性报告，我们会组织有关部门尽快上会讨论。"

杨铁心赶回公司已经是傍晚6点多了，他让秘书打了一个盒饭简单地填了一下肚子，又马上通知财务部、工程部、投资部等部门连夜开会，对垫资开发科学新城项目进行了布置。他说：

"从咱们特建集团成立以来，30亿体量的工程还是极少的，与以往工程项目的区别在于，这次是垫资开发，工程完工后政府才结算付款给我们，并且70%是现金，30%是补偿用地，土地用途是住宅用地，可以盖房子销售。这样就要求测算两部分利润：一部分是工程利润，一部分是土地建房子的销售利润。咱们是市属国有企业，建行又是归口授信银行，可以按最优惠的利率贷款给咱们，当然，只是初步意向，最终以银行批复为准。这个工程从招标、开标、定标，只有一个半月的时间，建行是否贷款给咱们，非常关键！"

接着，杨铁心又把每个部门的具体任务进行了部署。凌晨1点，他回到家里，妻子舒萍马上起床给他煮了一碗挂面，他又吃了一些治疗胃疼的药丸，然后简单地冲了一下凉就疲惫地睡觉去了。舒萍取过他的衬衣，看到衣服上湿过又干、干过又湿留下的一圈一圈汗渍，心疼得流下了眼泪。

建行根据特建集团的需求和企业提供的资料，及时对"垫资开发科学新城"项目进行了审议，报经总行批准，同意给予授信30亿元人民币，按工程进度发放贷款；项目竣工后按三年分期归还贷款。有80家企业参加了科学新城工程项目竞标，特建集团以高分中标。特建集团党政联席会决定：为帮扶工程任务不饱满的三家公司，将科学新城工程给予这三家公司施工，每家10个亿；另外几家优质公司，具备条件的，筹划上市。

1991年秋天的一个下午，特建集团召开了有各个建筑公司董事长、党委书记、总经理参加的动员大会，会议主要内容是动员大家带头认购SA公司的内部股份。

在会上，张军董事长动员道："深圳的精神就是敢闯、敢干、敢试。SA公司进行的股份制改造，在我国还是一个新鲜事物，是在以公有制为基础的前提下，鼓励多种所有制形式并存，国有股份控股，其他股份为补充。实行股份制，能解决企业发展中流动资金不足问题，对于促进公司发展会起到重要作用。同股同权，虽然是个人股份，但与国有股份享受同样待遇，共担风险，共负盈亏。实行股份制可以增加大家的主人翁意识和责任感，从长远看对公司发展也是有利的。这次SA公司一共需要向个人发行80万股内部股份，计划募集资金近300万元，原则上各个二级公司经营班子副职以上人员和机关副处级以上人员都要认购，按照职务高低分配认购额度。"

接着，市政府国有资产改革办公室和深圳证券交易所办公室的专业人员，又分别从国企改革的政策和业务操作上进行了一系列讲解。与会人员30多人，很多人听后一头雾水，似懂非懂。会议结束以后，大家七嘴八舌议论纷纷。

一周过去了，SA公司股份只认购了38万股，还不到一半。张军董事长立即召开会议，参会人员主要有董事会成员和财务部、证券部、资产管理部等相关部门负责人。经过认真分析，大家认为认购股份积极性不高的主要原因有四方面：

1. 对个人持股心里没底，如果万一亏损，不愿意承担损失；

2. 对内部股份能否上市存有疑问；

3. 认为每股3.30元的价格太高；

4. 有些人具备认购资格，但没钱认购。

有位董事提出，能否把股价降低一些，让利给认购者，张军当场批评他说："这次股价是经过会计师事务所和评估师事务所确认的价格，是依据每股净资产确认的。如果要降低认购价格，就意味着侵吞国有资产，是犯法行为。咱们都是共产党的干部，又是军人出身，千万不能有这种想法，这是原则问题！会后由证券部牵头，董办、财务部、资产管理部配合，到各个公司对有关人员再次动员和讲解，尽快把认购工作落实到位。"

开会后不久，一天早上，张军刚到办公室，第六建筑公司的副总经理徐明亮就跟了进来。徐明亮焦虑地说："董事长，最近让我们认购公司内部股份，我很愿意认购。但您也知道，我家的经济条件很差，从当兵到现在，我在您手下十几年了，我老婆患有脑血栓，卧床好多年了，我还要供三个孩子上学。虽然单位每年都给我一些补贴，但远远不够啊！这学期女儿高中要住校，学费、生活费，我都是借的。这次认购股份5000股，需要缴纳16500元，我确实交不起啊！如果不认购股份，我的副总职务是不是也得免职啊？"

张军看着徐明亮焦灼、疑虑的样子，招呼他坐下，让秘书给他倒了一杯茶水，说道："明亮，咱俩原来在一个团服役，你的情况我了解，大道理我也不讲了，你都明白，咱尽量响应公司的号召，你是公司的管理干部，要起表率作用。我先借给你5000块钱，其他你再想办法，实在不能认购全部，认购一部分也行，你不是公司的董事会成员，不认购对你目前的行政职务没有影响，这个请你放心！嫂子病了好多年了，你确实过得不容易！"他看到徐明亮眼圈有些湿润了，就没有再继续说下去，最后说了一些安慰、鼓励的话，徐明亮就急忙赶回工地去了。

....

经过几年的发展，由两万基建工程兵组建的特建集团，先后有六家公司上市，净资产的增值和上缴的利税在深圳市的国企当中举足轻重。特建集团这艘航母，扬帆起航，驶向远方，驶向美好的未来！

永远的军魂

1996年春节刚过，深圳天气时冷时热，滨海大道工程就正式动工了。这条从罗湖到南山的沿海大道对于深圳的发展至关重要，主管建筑口的副市长王鹰亲自担任滨海大道指挥部的指挥长，把难度最大的红树林段施工任务交给了特建集团。这段施工的难点就是移山填海，要把200多米高的山丘炸掉，碎石和泥土填到附近海里，在此基础上修路。承担这项任务的是爆破公司。接到任务后，经理李明辉迅速带领相关人员进行了详细勘察：这个山丘方圆一公里左右，大部分是岩石，靠海这边很陡峭，常年海浪拍打、冲刷及侵蚀，形成了上宽下窄、头重脚轻的形态。李明辉站在山顶望向远处，点点白帆穿梭不断，巨大的游轮冒着白烟，呜呜的货轮迎着海浪。脚下是悬空的陡峭山崖，水击岩石，海浪滔滔，一浪高过一浪，往下看去令人感到晕眩。

从工地回来，李明辉连夜召开工作会议，讨论怎样高效、安全地把这个山丘填到海里变成路基。大家各抒己见，畅所欲言。最后李明辉重申了这次任务的重要性和施工方案，他说：

"同志们，这次的爆破任务很艰巨，时间也很紧迫，集团领导要求我们20天以内把整个山丘搞平，山的北面有来往车辆，在警戒线安置警戒标志和人员警戒即可；山的南面靠海，安全措施有些难实施，如果缩手缩脚，施工任务很难完成。这条路务必在香港回归前夕竣工，这是项政治任务，涉及公路使用以及国际形象。集团充分研究分析后才把这个光荣而艰巨的任务交给我们，我们一定要提前完成任务。

"爆破方案是：采取分层爆破法和分段爆破法相结合的方式。要求进场前一天就要布置安全警戒线。北面是陆地，便于设置警戒线；南面靠海，要采取流动哨和固定警戒哨相结合的方式。现在来往的运输船只和游轮很多，尤其是前往香港和澳门的游轮络绎不绝。南面岩石较多，需要的炸药多，威力又大，大家一定要确保安全施工。"

李明辉一口气说完，黝黑的面庞上严肃、坚毅的表情才稍微放松了一些。

平 凡

2月27日,连续爆破施工进入第八天,爆破工程量已完成总量的50%左右。9点10分,施工人员在靠海边的岩石上刚刚埋好30公斤炸药,导火索已经开始"滋滋"地燃烧,2分钟,1分钟,56秒……突然,一艘游轮闯入警戒区域,流动岗哨和在山顶及海面上的警戒人员紧急挥动旗帜阻止,同时也吹起了急促的哨子声,可是游轮还是继续快速前行,好像没有看到也没有听到警示一样。游轮距离炸药点越来越近,只有50米左右了,如果爆炸,大量的碎石块就会波及游船,后果不堪设想!在这千钧一发之际,李明辉一个箭步冲上前去,扒出炸药包抱起来,向远离游轮的北面山坡飞跑,30秒,20秒,10秒……最后一刻他才把炸药甩了出去。一声巨响,半山坡上被炸开了一个大坑,李明辉也倒在血泊之中。不等烟尘散去,大家冲上去把李明辉抬到解放牌汽车上,急速向医院赶去。到达医院,躺在手术台上,李明辉呼吸微弱,不时发出痛苦的呻吟。输氧,清理满身的血迹,查找伤口,进行全身检查……手术室内医护人员在忙碌。手术室外,他的同事电话通知了他的妻子艾萍速来医院。

经过检查,李明辉胸部受到撞击,心脏、肝脏和肺部都严重受损,失血过多,呼吸困难,经过三个多小时的抢救，情况也没有好转。生命垂危之际，李明辉示意妻子靠近他，用沙哑、微弱的声音说："艾萍，我这次伤得很重，感觉与前几次明显不同，我可能真的不行了。我嘱咐你几件事：我离开家乡十几年了，只回过老家两次，看望父母的时间极少，母亲说她很想看看火车是啥样的，想看看城里的电梯是啥样的，希望你能替我满足她老人家的这些愿望，陪我母亲坐一趟火车，来深圳看看。父母养我这么大，无以回报，帮助二老把房子翻新一下。我去世后，把我的骨灰运回山东老家，我要好好陪伴我的父母亲。我是喝卫河水长大的，我的骨灰应该埋在卫河畔，从上学到现在，我陪家人的时间太少了，对不起家人……你从小在北京长大，不太了解农村的苦日子，好可怜的父母亲！他们住的房子早就该修一修。你还年轻，儿子也10岁了，不希望你孤孤单单过一辈子，遇到合适的就再嫁吧，不要苦了自己……"李明辉用尽气力说完，缓缓地闭上了双眼。

"明辉！明辉！……"艾萍痛哭着呼唤他的名字，希望他再次醒来，她的右手抚摸着他因痛苦而扭曲的脸庞，左手想托起他的后背。背后的血水早已湿透了被褥，她的手也沾满了殷红的鲜血，她把他紧紧拥抱在怀里，不舍得放开！

回到家里，艾萍在清理李明辉的遗物的时候，在抽屉里发现了他的日记本。日记本里夹着一封没有寄出的家信和一张2万元的汇款单。笔记本扉页上，有李明辉抄写的一首诗，是唐代孟郊的《游子吟》：

慈母手中线，游子身上衣。
临行密密缝，意恐迟迟归。
谁言寸草心，报得三春晖。

艾萍打开那封没有寄出的信，读了起来：

亲爱的爹娘：

你们好！

好久没有给你们写信了，我想念你们！去年春节到现在一年多了，当时我探家的时候，看到咱家的房子屋顶都破了，大冬天还漏风雪，山墙也有些裂缝了，当时我手上没钱，现在攒了2万块钱给你们汇去：120元给爹娘买衣服，300元买化肥，80元买柴油抽水浇地，给我那刚出生的侄子50元买奶粉，其他全部用在翻新房子上。俺娘膝盖骨头坏了，行走不便，如果需要手术,到时候我再想办法寄钱回去;俺爹年纪大了,出门卖菜、晚上浇地一定注意身体,不要摔着……以后条件好了,我一定接你们来深圳看看,多住些日子。我和妻子及儿子小志都好!

祝您安康!

> 不孝的儿子:李明辉
> 1996年2月19日夜

她含着眼泪,看了一遍又一遍。儿子看到妈妈哭个不停,也依偎在妈妈怀里哭了起来,艾萍紧紧地搂抱着他,娘俩就这样依偎着,心中充满了悲伤。

对于李明辉同志的牺牲,特建集团党委非常重视,根据他平时的表现和以身殉职的壮举,报请深圳市民政部门追认李明辉同志为革命烈士,得到了批准。遵照李明辉生前意愿,公司党委报请深圳民政部门与李明辉的家乡山东聊城市委取得了联系,聊城市委同意将李明辉的骨灰安放在聊城烈士陵园。

李明辉牺牲的消息很快在集团传开,各公司自发地进行了捐款活动,一共收到捐款3万多元,都交给了他的妻子艾萍。关于他的丧事安排，艾萍的意思是不开追悼会，不举行告别仪式，一切从简，她说不想给组织上添麻烦。后来根据艾萍的意见，深圳市民政局和集团党委同聊城市委取得联系，商议决定：在深圳火化，骨灰派商务专车送往聊城。

尽管在深圳不搞任何仪式，但2月29日火化这天一大早，不少战友尤其是山东籍战友还是早早地等在殡仪馆，送李明辉最后一程！特建集团总裁杨铁心握住艾萍的手说："李明辉是个好同志！在部队的时候我是团长，他是爆破连连长，他是我的好战友、好兄弟，是好干部！他的牺牲我很痛心，也是公司的一大损失。他生前说过，你希望他回北京生活、工作，可最终他说服了你来到深圳工作。我很愧疚！"说着，杨铁心的眼圈湿润了。

上午9点30分，工作人员把李明辉的遗体从化妆室推了出来，好多战友自发列队看他最后一眼，送他最后一程。遵照艾萍的意见，李明辉以军人的仪容离开。他静静地躺在灵车上，军容整齐，作为一名曾经的军人，他军帽上的红五星和衣领上的领章依然熠熠生辉！总裁杨铁心和党委副书记钟阳等六人手扶灵车护送李明辉遗体缓缓向火化房前行，战友们都哽咽了！这些一个火车皮来的战友，朝夕相处的兄弟，看着李明辉留下的孤儿寡母，都不由得心生怜悯，纷纷掏出了慰问金。

3月1日一早，公司安排了一辆黑色商务车，特建集团党委副书记钟阳、爆破公司副经理杨楠和深圳市民政局一名处长陪同艾萍母子护送李明辉的骨灰启程回山东。

从深圳到山东聊城，开车行走了26个小时。到达聊城市区后，艾萍说，活生生的一个人没了，还是先回乡下让家里亲人看最后一眼，然后再到聊城举行骨灰安放仪式，也算是亲人们最后送他一程，以后没有遗憾。尤其是他父母已经是70岁了，能否去聊城市参加骨灰安放仪式还不一定。这也算是大家陪同他最后看看他的爹娘、他的兄弟姐妹和邻里乡亲，看看生他养他的故乡！

聊城，这座齐鲁大地的千年古城，坐落在山东省的西北，南临河南省，西面接壤河北省，李明辉的家乡李家庄，处于鲁冀豫三省交界的地方。商务车从聊城向李家庄驶去，大家坐在车上静默无语。艾萍紧紧地抱着儿子，一想到马上要见到李明辉的父母，内心的痛苦与无助更加深了，眼泪啪嗒啪嗒地往下掉。今年的春节来得晚，现在天气正是最冷的时候。党委副书记钟阳透过车窗望着延伸在寒冬中的齐鲁大地。田野上一垛垛的棉花柴和一垛垛的玉米秸都染上了一层白霜，干枯的大地一片肃杀，只有路两旁的白杨树在寒风中坚毅挺拔，俨然刚强的哨兵。这是一个不寻常的冬天！钟阳看着这一幕幕的景象从车窗外掠过，陷入了沉思。

李家庄位于聊城市正西约30公里，黄河的一条支流大沙河曾流经此地，形成了这里独特的沙质土壤结构。当地政府为了解决灌溉缺水问题，修建了一条近100公里的干渠，把西面的卫河水引进来供饮用和浇灌土地。因为卫河经常断流，尽管打了一些机井补充，遇到干旱年份还是远远满足不了当地的用水需求。这种沙质土壤上只能种植一些地瓜、花生、棉花、玉米等作物。

经过差不多一个小时，临近中午的时候，车子缓缓驶进李家庄。几百户的村庄坐落在一个高高的沙土岗上，周围的白杨树构成了村庄的围墙和防沙的屏障，冬天的阳光白惨惨的，让人感觉不到温暖。纵横交错的村道旁边或站或坐着一些上了年纪的老人晒着太阳聊天。眼看要吃午饭了，一排排的民房冒着炊烟，孩子们在街巷里跑来跑去嬉戏玩耍。散养的鸡、狗、羊和猪等牲口有些追逐寻觅着食物，有些蜷卧在街道旁边的柴火垛里，咀嚼着玉米秸。

商务车沿着沙土路，迎着30度的斜坡，经过两条街道，缓缓开到李明辉家门口。天气寒冷，艾萍穿着一件黑色的呢子大衣，里面套着一件灰色高领毛衣，齐耳的短发衬托着白皙的瓜子脸，长途的劳顿和悲伤让她憔悴了很多。10岁的小志双手抱着骨灰盒在母亲艾萍的帮扶下下了车。很快，街坊邻居都围拢过来，看到小志和艾萍已经哭成了泪人，大家都猜到是李明辉出事了。李明辉白发苍苍的父亲闻声从院里出来，一看到儿媳妇和孙子抱着儿子的骨灰，顿时老泪纵横，他一下子把小志拥在了怀里，抚摸着小志早已红肿的眼睛和冻得发紫的小手："可怜的孩子，你受罪了！"李明辉的母亲听到动静，从厨房一瘸一拐地出来："是不是我儿回来了！也不来个信儿就到家了！"当看到孙子小志抱着骨灰盒的时候她愣住了，喃喃说道："儿啊！你咋就没了！"话音刚落，人就晕了过去。大家急忙叫来村里的乡村医生。乡村医生想尽了办法，但李明辉母亲一直处于昏迷状态。集团党委副书记钟阳见状，果断联系了聊城市民政局，请求安排救护车急速前来李家庄抢救。

李明辉老家的房子是三间砖土混合瓦房，东面两间是客厅和卧室，西面一间是厨房。墙体基础部分是红砖砌成的，上面是泥巴垒成的土墙，屋顶铺了一层蓝瓦。房子已经快三十年了，年久失修，靠东面的客厅房顶有些缝隙了,每逢下雨、下雪都会漏到屋里来,中间的山墙也有裂缝了。李明辉的父亲原来在县卫生局工作,被打成右派后就回乡下务农了。家里五个孩子,李明辉是老二,有一个哥哥、两个弟弟和一个妹妹。在山东,婚嫁时男方要准备房子和礼金,李明辉的哥哥和两个弟弟结婚都要有院子和瓦房。李明辉父母省吃俭用,东借西凑,给三个儿子都娶上媳妇了,一年接着一年,不久前才把儿子结婚盖房时借的款还完。李家庄土地贫瘠,乡亲们收入极少,老两口没有过上多少好日子。去年春节,李明辉的母亲膝盖骨头坏死,疼痛难忍,走路都不方便,因为没钱医治一直拖着。但每当子孙团聚,她还是由衷地开心,所有的苦和难处都自己默默忍着、扛着!可怜天下父母心!父母对子女的爱都是无私的、毫无保留的。

在聊城市民政局的安排下,聊城市人民医院救护车很快来到李家庄。医护人员急忙给李大娘输上了氧气,在准备输液的时候,护士握着李大娘瘦骨嶙峋的手,竟然找不到血管,试了几次才把针头扎进去。大家小心翼翼地把李大娘抬到救护车上。临上车时,钟阳双手握住李明辉父亲的手,动情地说:

"大爷,这是公司工会给您老人家的慰问金5000元,还有我个人的 1000 元，请您务必收下。李明辉是我们部队的优秀干部，我参军 20 多年了，到过好多战友的家乡，没想到你们竟然过着这样的日子！他是一位营级军官，转业后又是深圳的一名处级干部，他把津贴和工资帮扶给了更困难的战友，还对口帮扶了贫困山区 10 个孩子上学。我很惭愧！他对家庭照顾得实在太少了，您老人家受苦了！"

李明辉的父亲喃喃地说："人都没了，要钱啥用！领导同志，这钱我不能收，给他妻子和儿子吧，他们孤儿寡母的，以后的日子还长着呢，我在农村不讲究，饿不着！"李大爷抬手用棉袄的袖口擦了擦眼睛，他的脸上爬满了岁月的皱纹，深凹的眼睛里尽是悲伤，眼泪似乎也干枯了！

艾萍走上前，低声道："爹，这是组织上和领导的一片心意，您就收下吧！另外，明辉生前本来想汇给您 2 万块钱修房子，还写了一封信，我现在转交给您；战友们的捐款 3 万多块钱也交给您，以后抚恤金也会打到您存折上。我有工作，小志还小也不用什么钱，明辉这么多年照顾您二老太少了，这些钱您都收下吧！"

"不不！小志他妈，我和你娘都老了，农村啥也方便，你们城市里处处都要花钱，东西又贵，你们留着吧！"

钟阳看着他们互相推让，心中更加难过，眼看时间不早了，最终说服了李明辉的父亲把钱都收下了。钟阳和医护人员乘坐救护车在前，商务车跟在其后，相继向聊城人民医院驶去。

一到聊城医院，就把李大娘送到急救室。经过一系列检查，确诊：李大娘晕倒直接原因是伤心过度、身体虚弱，更深层次的病情是膝盖骨头坏死、肝癌晚期。听到这个消息以后，艾萍和李家兄妹如五雷轰顶。李明辉的妹妹号啕大哭："俺娘的命好苦啊！拉扯我们兄妹五个，好不容易都成家立业，该享福的时候，又得了这病，可怜的娘啊！"

这几个月以来，李大娘走路不便，大家一直认为是膝盖的问题。老人家一直感到肝部有些疼痛，但始终没对任何人说，她不愿意给儿女添麻烦，更担心治病需要花费，增加儿女的负担，以至于拖到今天，已经是肝癌晚期！几个小时过去了，李大娘的情况稳定下来，住进了重症监护室。她嘴里一直念叨："辉儿啊！你咋就没了，你咋就没了啊！……"大家一直安抚李大娘，也没敢把她的病情告诉她。

钟阳书记安抚好李大娘，接着就去聊城市民政局商议李明辉的骨灰安放事宜。聊城市民政局原则同意钟阳的建议，但需要请示聊城市委同意。聊城市委对于李明辉同志牺牲回乡安葬一事非常重视，市委书记和市长对此事进行了周密的部署和安排，决定3月5日在聊城市烈士陵园为李明辉烈士举行追悼会和骨灰安放仪式；考虑李明辉父母的身体状况，让二位老人在医院观看电视直播现场录像，其他亲属和深圳来的人员、聊城市有关人员到现场参加追悼会。

3月5日上午10点钟，150多人冒着严寒，迎着呼呼的北风，从不同的地方聚集到聊城市烈士陵园参加李明辉同志追悼会和骨灰安放仪式。聊城市市长主持追悼会和骨灰安放仪式，深圳特建集团党委副书记钟阳致悼词：

各位朋友、各位来宾：

今天我们怀着十分沉痛的心情，深切悼念我们最亲密的战友李明辉同志。首先，我谨代表今天前来参加追悼会的所有战友和同志们，对李明辉同志的亲属致以亲切的慰问！

李明辉同志1976年参加中国人民解放军，历任基建工程兵班长、排长、连长、营长，荣立一等功一次、二等功三次、三等功两次，两次被评为师级爆破能手。1983年转业到深圳后，先后任深圳特建集团爆破公司副经理、经理，三次被评为集团先进管理工作者，两次被评为深圳市优秀共产党员，为部队和深圳建设做出了重要贡献！

李明辉同志自参军以来，由于工作的特殊性，一直从事工程的爆破工作，先后参加过修筑天山公路、川藏公路、深圳梧桐山隧道等大型工程的爆破工作，负伤6次。转业到深圳以后，放弃去北京和爱人定居的优越条件，坚持扎根深圳拓荒，坚持发扬部队的优良传统和革命精神。今年2月26日，在执行深圳滨海大道爆破任务时，他为了保护海上一艘有500多人的游轮，壮烈牺牲！经报请上级批准，追认李明辉同志为革命烈士！

我们为他的家庭失去了这样一位好儿子、好丈夫、好父亲而痛心！也为我们失去了一位好战友、好同志而惋惜！根据李明辉同志的遗愿，把他的骨灰安放在家乡聊城烈士陵园。请李明辉同志安息！

李明辉同志的牺牲是我们的一大损失，虽然他的肉体、他的骨灰安放在他的故乡聊城，但是，他的革命精神、他的军魂留在了祖国的南疆，留在了深圳，留在了南海，也留在了山东！他既是咱们山东人的好儿女，也是深圳的好儿女，我们以他为荣！他的革命精神和品德会激励我们继续前进！

　　李明辉的父母在女儿的陪同下，在医院通过电视观看了儿子的追悼会及骨灰安放仪式。白发人送黑发人，两位老人为失去儿子悲痛万分，哭了很久，尤其是母亲，李明辉在五个孩子当中是她付出最多的一个孩子，刚刚盼到他事业有成，却壮烈牺牲了！二位老人听到对他高度评价的时候，心中得到一丝安慰，觉得自豪！

　　开完追悼会以后，聊城市委副书记李子玉和钟阳等人赶到医院看望李明辉的父母。李子玉看到二老情绪很低落，安抚道："大爷，您为国家培养了一个好儿子，电视上您都看到了，他很了不起！家里还有什么困难需要组织上帮助解决的，您都可以提出来。"

　　李大爷摇了摇头说："没有困难！从他当兵那一刻起，我心里头都做好了他为国家牺牲的准备，虽然难过，我也想得开，可是他家还有孤儿寡母的，还望组织上多关心照顾！"

李子玉说："大爷，您放心，我们一定会安排好明辉的妻子和孩子的。我们了解了您的家庭和您二老的情况，经研究决定：首先大娘的病要抓紧治疗，医疗费组织上会妥善解决，也会通知有关部门落实烈士父母的赡养和享受低保待遇等一系列问题，请您放心！"

两位老人听到李子玉这样说，心里也亮堂了些，几天来的悲痛、消沉的情绪有了些许安慰。李明辉出事一周多了，艾萍每天以泪洗面，茶饭不思，还要照顾孩子，她白皙的脸颊干裂起皮了，眼圈也黑黑的，整个人瘦了好多；小志在深圳出生、长大，北方的寒冷早就把他红扑扑的脸蛋冻得发紫，嘴唇也干裂了。两位老人看到儿媳和孙子这样，忍不住又流下了眼泪。李大娘坐在病床边一把把孙子搂在怀里，喃喃地说："孩子，陪好你妈妈！"

大家告别两位老人，钟阳一行也开车回深圳去了，艾萍和儿子则留下住了一段时间才回深圳。

钟阳带领参加李明辉追悼会的有关人员回到深圳以后，向集团党委汇报了这次追悼会的情况。随后，党委根据李明辉的光辉事迹，安排、布置在集团所属各个单位对李明辉的光荣事迹进行了宣传，号召大家向李明辉学习，弘扬军魂精神。同时，集团经营班子也和市安检和质检部门，对这次事故爆破现场进行了勘查，吸取教训，总结经验。

李明辉牺牲后，战友们化悲痛为力量，更加努力工作，提前完成爆破任务，为滨海大道的提前通车提供了保障，受到市政府的通令嘉奖！工程兵艰苦奋斗的精神和不怕牺牲的革命精神，在深圳经济特区得到传承和发扬。旗帜永在！军魂永在！鼓励大家砥砺前行，勇往直前！

第三章 拒绝诱惑

中国的第一家外汇调剂中心、第一家股份制商业银行都是在深圳成立的。在金融科技领域，深圳创造了无数个第一，在国内和国际享有很高的声誉。

深圳金融业的发展成就，是靠国家政策的扶持和深圳金融人才的拼搏所取得。有人说银行人是社会的金领、白领，也有人说银行人是金融民工、社会蓝领。无论怎样评价银行人，都有一定的道理。银行人职业的特殊性，决定了他们面临着各种各样的诱惑：金钱、美色、权力等，他们用行动，向历史交出了一份又一份满意的答卷。

金钱的诱惑

1987年初，经上级批复，组建特商银行，开业日期是1987年11月18日。开业当天，在特商银行大厦举行了隆重的挂牌仪式。仪式由深圳市财政局局长陈江主持，深圳市委组织部部长当场宣读了对主要领导的任命决定：陈江任董事长（兼任），王宏亮任行长，方明任常务副行长。

方明在白沙岭大火中被烧伤以后，赴北京治疗，效果还算理想，后来在香港又进行了整容，现在除了后脑部有一块疤痕之外，基本上看不出来烧伤的痕迹了。1985年初，方明从特建集团财务处副处长的位置调到市财政局任基建处处长，后来晋升为副局长。

特商银行注册资本金20亿元人民币。深圳市财政局代表市政府持股，占股80%，董事长由市财政局局长兼任。另外两个股东都是大型国企，各占10%，分别委派了一位监事长和行长助理。方明任职常务副行长，主管信贷审批部、公司业务部和科技金融部几个核心部门，实际上职责和权力还是举足轻重的。为了尽快开展业务，11月28日，方明主持召开了一次中层以上管理干部参加的工作会议，这些中层管理干部都有本科以上学历，是从工、农、中、建四大国有银行招聘来的业务骨干，甚至还有一部分支行长也是从四大国有银行来的，都有一定的从业经验。此次会议的目的是广泛征求大家的意见，议题是：信贷投放、业务拓展、网点布局、科技研发等。

会上，大家各抒己见，畅所欲言。

公司业务部总经理徐阳：深圳经济特区的定位是优先发展科技和金融产业。我们作为银行，首先要想办法对辖区内的科技企业进行一次摸底，可以分大、中、小几个类别和规模，在此基础上再细分行业性质。摸清哪些是国家鼓励或优先支持的企业，我们的贷款优先贷给这些企业；同时要预计这些企业的成长性，有一定的发展潜力的，从小到大进行培养，以后对咱们银行的回报也会很丰厚，达到双赢的目的。

信贷部总经理肖丽云：无论贷款投放到什么样的企业，大家都要严格执行人民银行发布的五级分类标准。

观察一个企业，主要看它的收入、利润、负债率、现金流。一般来说，负债率不要超过70%。对于评级不好的企业，一定要有足值抵押物，大型国企或优质的上市公司可以考虑给予信用贷款；如果是成长性较强的科技企业，政府扶持鼓励的，也可以信用贷款，因为这类企业创业初期，不一定有很多抵押物。总之考察一个企业是否能给予贷款支持，要从多个维度去考察、评判。

科技金融部向凯：科技创新是深圳经济特区的精神和灵魂，更是城市和企业发展的动力。随着时代的发展和经济形势变化，传统的银行业务也需要变革，科技要先行一步。从纸质存折到银行卡，从纸质的票据业务到电子网络转账，各种审批流程从传统的人工手写到电脑自动化等都需要科技来解决。从国内到国外，用于科技创新的经费开支都是巨大的，从这看出无论是国家还是企业，都把科技发展放到很重要的位置，因为科技创造的价值是不可估量的。科技可以改变生活，科技照样可以改变金融的经营模式。

机构部李斌：我们银行刚成立，急需向人民银行申请多布局一些支行，目前深圳有五个行政区，至少每个区要开五家支行方可大规模开展业务。另外，也要通过各类媒体宣传咱们行的优势，四大银行能做的业务，根据经营范围，很多咱们照样能做。要打消人们的一些偏见和看法，必要时也可以上门宣传咱们的业务和优势。

办公室主任李阳：我们银行刚成立，急需从各个部门抽调一些人手编制一套自己的管理制度，所谓"建章立制"吧，这样做起事来有章可循。各个部门、各个口都先起草、讨论，然后再提交行办公会或编写小组审阅，最后行领导审批通过发文执行，这项工作应该走在前面。

…………

听了大家的发言，方明深受启发，觉得大家讲得很好，他把每个部门的工作简单地布置了一遍，并要求一定在规定的时间内完成。另外，他针对大家没有谈到的内容，如稽核办法、考核办法等，简单谈了自己的思路。

管理银行，方明还是个新手，但在他看来，银行也是企业，自己在部队、企业和事业单位工作过，搞财务工作很多年了，开展、管理金融业务没有困难，能很快适应。两个月前组织部领导找他谈话，说打算调他到银行任职，他当天晚上就到书店买了几本银行业务方面的书，花两个月时间看完了这些书，结合主管的部门和业务范围有重点地又看了一遍。方明能很快适应新的岗位,勇于接受挑战,与他爱学习和有应变能力是分不开的。

12月3日,方明主持召开了审贷工作会议,贷款金额在100万元以上的业务都要经过审贷会严格审议。这次会议审议的业务中,有一笔是罗湖支行报上来的,腾飞科技开发有限公司申请贷款300万元,是信用贷款,没有任何抵押物。该公司也刚成立不到两年,主营业务是个人电脑制造与销售。支行长李志学和审查员都同意给予贷款。但是,上会以后有一部分审批人员不同意,认为企业刚成立,没有抵押物,万一贷款到期还不上就会出现坏账。大家议论纷纷,争论不休。方明认真听着大家的意见,又仔细看了材料,让支行长李志学和信贷部总经理肖丽云分别讲讲审批同意的理由。

李志学说:"我认为电脑开发在我国属于刚刚兴起的朝阳行业,随着社会的进步和企业的发展,各行各业都会用到电脑,尤其是现在我国在某些方面还落后于发达国家,发展电脑科技势在必行。这个公司虽然刚成立,但远景不可估量,所以我同意发放贷款给这个公司。"

肖丽云说:"我部门专审人员到企业详细察看过,并同公司第一负责人进行了座谈,与有关技术人员也进行了交流。虽然这个公司目前只有10多个人,但技术力量还是过硬的，不到一年的时间就获得2项国家专利，在电脑行业已经是遥遥领先了，被国家和市里都列为高新技术企业，市政府补贴了30万元，市科委还奖励了20万元。这样的企业，虽然没有固定资产，甚至连办公室都是租的，但我认为发放1年期流动资金贷款风险是可控的。而且符合我行的信贷政策，符合国家的信贷政策。所以我同意给予该企业300万元的授信。"

方明听后，认为大家的意见都很务实，虽然有异议，还是同意给予该企业300万元的授信。

这次会议共上会20笔业务，通过13笔，待复议2笔，否决5笔。这种审贷会，每周都要开一次，每次至少开12个小时。散会以后，方明到家已经快晚上8点了。一进门，3岁的女儿乐乐凑上来，方明亲了又亲，一天的劳累在天伦之乐中缓解了很多。这时，妻子孟婷招呼他吃晚饭。孟婷一直等他也没吃，只是女儿还小，等不了太晚，孟婷先蒸了一个鸡蛋羹给她吃了。

1989年9月，利生地产开发公司2亿元贷款到期，不能按时还贷。如果这笔业务出现不良贷款，损失很大，相当于特商银行一年的利润被抵消掉了。方明亲自带队到该企业调查、催收。经过调查发现：该公司开发建设的地产项目已经售罄，贷款2亿元加上自有资金1

亿元共 3 亿元投资建设的住宅小区，实现销售额高达 9 亿元。这么好的项目利润，现金流也不错，贷款还不上是没有道理的。方明疑虑重重，他让银行信贷部对该公司近两年来的账目进行了认真详细的核查，发现该项目的销售收入大部分被挪用了，具体流向是：有 3 亿元通过中间渠道转到澳门某公司，2 亿元在广州新注册了一个贸易公司，1 亿元用于补交土地增值税，2 亿元在龙岗买了一块土地，其余 1 亿元用于各个方面的开支。方明深深感到该公司的资金流向太复杂了。离开利生公司，他马上到附近的公用电话亭给银行法务部打电话：马上派人去法院办理手续，查封利生地产开发公司的所有资产。法务部以最快的速度办理了查封手续，查封该公司的办公楼、在建项目和车辆等资产共 3.3 亿元。查封资产价值远远高于 2 亿元的贷款金额，方明这才稍微松了一口气。这笔贷款已经逾期一周了，按照五级分类已经属于逾期不良贷款了，该公司还有恶意逃废银行债务的嫌疑。作为主管审批贷款的分管副行长，方明深感自己的责任重大，自己面临被问责和处罚是小事，万一收不回来这笔贷款，给银行造成的损失是巨大的。虽然查封了一些资产，但方明了解到这个企业的法人、董事长李振阳从地下钱庄借了不少钱，他经常到澳门赌博，欠下了很多债务，2亿元贷款能否收回方明心里也没底。

晚上，忙碌了一天的方明刚刚冲完凉，准备上床睡觉，突然，电话铃响了，他披上衬衣急忙到客厅接电话。

"方行长您好！我是利生地产的李振阳，不好意思这么晚打搅您。我们公司的2亿元贷款，我会想办法还上，您放心。我现在不在深圳，在香港办事回不去，回去后我一定筹款归还。我也知道您对我们公司支持很大，明天我让出纳给您送去50万元现金，您看看在哪里送给您合适。也没其他的意思，就是一点辛苦费，都是现金，不会留任何痕迹，请您放心！您家的地址我们也知道：幸福花园3栋501室，对吧！孩子3岁，叫乐乐，是吧！您考虑一下！"

方明一听就蒙了，心想居然连我家的情况都摸得清清楚楚！他前几天听公检法口的朋友说过，这个老板很不简单，黑白两道都有关系，以前还搞过走私。当时审批这笔贷款的时候认为四证齐全，土地位置又好，符合贷款条件，所以很顺利就过会了，没想到会发生这种情况。方明沉思良久后才回答：

"谢谢李老板！您的心意我领了，我现在不需要辛苦费，能为您服务是我的职责，再说2亿元的贷款不是哪一个人能够决定的。这笔贷款金额较大，由行领导办公会和董事会最后审定，所以建议您越快偿还贷款越好，否则把贵公司列入黑名单或采取法律手段拍卖贵公司财产，你们就很被动了！"

两人又谈了几句，方明就把电话挂了。

从客厅回到卧室，孟婷已经把大灯打开了，她看到方明脸色很难看，感到不是好事，也没敢多问，安慰了他几句就睡了。方明工作上的事孟婷很少过问，这也是方明要求的，因为工作有规定，同时也不希望她有思想负担，她干好工作、带好孩子、操持好家务就行了，所以今天这事他也没有告诉她。他心里忐忑不安，一个晚上基本都没睡。

第二天，方明刚到办公室，秘书就通知他去董事长陈江的办公室。

陈江等方明坐下，踌躇地说："方明啊，刚才上级领导打过招呼了，关于利生公司2亿元贷款的事让我们不要操之过急，还不到90天，可以不采取起诉或拍卖的方式，我想听听你的意见！"

刚刚坐下的方明噌地站了起来："董事长，不是你昨天开会的时候说要加快催收力度吗？您还特别强调一旦出现坏账，今年整个银行的利润计划不但完不成，还有可能是负数,全行员工的工资和奖金都保不住,更别说上缴利润了!一旦这笔贷款收不回来,那就是大额不良贷款,我们的业务有可能会被停掉一些,甚至会受到人行的关注。这可是你昨天才说的啊!"

陈江听了方明的反驳,心里更不好受了。他说道:"我也很急,可是我也有苦衷啊!"说完他无奈地摇了摇头,一脸阴云,脸色很差。

方明看到董事长为难的样子,犹豫片刻,说道:"董事长,这笔业务主要责任在我,假如利生公司的销售资金我行监管到位,也不至于出现这种局面。我既分管公司业务又分管信贷业务,我工作没有做到位,我负全部责任,这笔款收不回来我就下课。您把我推荐到这个岗位上,我不能连累您,您明年初就到退休年龄了,我希望您平平安安退休,我心里才安心。"

听完方明的话,陈江的脸色稍微舒缓了一些。他知道方明是勇于担当的好干部,当初正是看到他这个优点,才推荐他随同自己一起来特商银行工作的。果然没有看错。陈江看到方明这样勇于担当,心里多少有一些自愧不如的感觉,他是土生土长的宝安县人,人情关系错综复杂,不像方明刚来几年,社会关系简单,办事没有顾忌。他心知肚明是借款企业找关系了,并且这关系也许还很硬。想到快要退休却要背负这样一笔2个亿的坏账，可能把一辈子的名声都搭进去了。但是老领导又打招呼了，希望给予关照，真是左右为难。

方明突然说道："董事长，按照人民银行的规定，重大事项需要向当地的人民银行报告，因为每一年人行对各家银行都要进行稽核，这件事情如果不报告以后更不好办，上报以后看看人行有什么意见。按人行指示办，你也不用左右为难了！"

听到方明这个建议，陈江如释重负："好！太好了！还是你方明想得周到，办法多，管理水平高。"

下午，陈江和方明向人民银行进行了汇报，人民银行经警处也及时与公安、海关和法院进行了联系，同时把利生地产开发公司法人李振阳近5年进出香港和澳门的记录打印出来进行分析，发现他先后去澳门25次。后来通过澳门有关部门又进一步把他出入几大赌场的次数和时间都一一进行了核对，证实了他挪用资金赌博。现在的情况，如果再不动手查封的话，利生公司很可能会乘机转移资产，导致特商银行无资产可查封的结果。于是特商银行马上向利生地产开发公司送达限期归还借款公函，如果12月1日前不归还贷款，将对查封的办公楼等3亿元资产进行拍卖，银行依法扣收所欠贷款本金和利息、罚息，并把企业列入失信人名单。李振阳看到特商银行的高管软硬不吃，只好忍痛把龙岗项目廉价出售，又从地下钱庄高息贷款6000多万元，在11月30日把本金、利息和罚息全部还上了。陈江和方明这才松了一口气。这笔贷款特商银行虽然没有受到经济损失，但毕竟逾期两个多月，经党政联席会研究决定，给予副行长方明、信贷部总经理肖丽云、支行长和主办客户经理记过处分，并扣罚每人30%的年终奖金。副行长以上职务人员参加了这次党政联席会议。方明在会上说："对我无论怎么处罚我都虚心接受，对肖丽云建议不要处罚了，因为审批这笔贷款主要是我同意的，她当时是有异议的。另外，她原来在花旗银行香港分行审批部做老总，后来又到中资银行做审批官，对国内外银行业务都很熟悉，是个难得的复合型金融高端人才，好不容易才把她挖来，轻率地给她处分，我担心会影响她工作的积极性和对我行的忠诚度，不利于使用人才和留住人才，请各位领导慎重考虑！"既然副行长方明这样说，大家还是比较重视他的意见，当场就叫秘书把审批这笔贷款的会议纪要调出来查看，果然和方明说的完全相吻合，这样肖丽云才免于处罚。

在年底考评时，特商银行的不良贷款额和不良贷款率在同行业中是最低的，收入和利润超额完成年计划的30%。考虑方明对特商银行的贡献，经过党政联席会研究决定，撤销对方明的处分。

1990年春节刚刚过去，银行上班的第二天上午10点，副行长方明的办公室来了一个40岁左右的男人。平头，国字脸，瘦削的脸上略显一些岁月的痕迹，左手一直戴着白色帆布手套。寒暄过后，支行长韩星向方明简单地做了介绍：来者叫王宁，原来是基建工程兵水文地质部队的连长，1983年1月在钻探笔架山附近一个工程项目时不幸负伤，左侧肋骨断了两根，左手断了三根手指。9月份转业以后，组织上动员他病退，可是他一定要坚持工作。继续从事建筑行业力不从心，组织上让他搞一些党务或工会之类的工作，他又觉得工作太轻松。于是，他1986年辞职创业，创办了"惠民福利厂"。惠民福利厂设有两个车间：一个是劳保用品车间，主要是生产施工企业用的手套、防滑胶鞋、安全帽等劳动保护用品；另外一个车间是废品回收车间，主要回收废弃纸制品、各种容器、旧电器等，然后通过分类再加工重新利用。招工对象主要是具备一定劳动能力的残疾人。王宁办厂的主要目的是解决残疾人的就业问题。初期时，规模小，政府有一些补贴，资金可以灵活周转；随着劳保用品产量的增加和废品回收量的增大,资金周转遇到困难,急需贷款100万元解决经营生产问题。

韩星介绍完以后,王宁补充道:"方行长,韩行长对我们尽职调查好久了,对我们企业摸得很透。我们厂没有大的固定资产,厂房是租的,只有小型加工机器是自己买的,我当时用我的转业安家费9000块钱,还有向战友借了一部分钱创办的这个工厂,后来政府为了鼓励我们又补贴了一些创业资金,这个工厂才发展到今天,现在有员工300多人了。这次申请贷款,恳请给予支持!"

方明听完韩星和王宁的介绍,对这个工厂的基本情况有了大概的了解。同时也得知春节过后工厂急需这笔资金,他决定尽快实地考察一下。

第二天一上班,方明在信贷部总经理肖丽云、支行长韩星等人的陪同下驱车前往惠民福利厂。这个厂在盐田区一个偏僻的村落附近,坐落在半山坡,厂房是座两层楼房,大约1000平方米,坐西向东,面朝大海。方明一行先到王宁的办公室。办公室不到10平方米,很简陋。办公桌是用五合板做的,台面上铺了一块玻璃,在玻璃下面排满了密密麻麻的电话号码。办公桌的后面是一张硬板椅子,椅子后面的墙壁上悬挂着几面锦旗,上面写着:"服务社会,惠及民生""残疾人之家""爱民厂长""心系残疾，造福民生"等，落款有的是政府机构，有的是公益团体。办公桌前面放着一个木制茶几，围着几张竹子编制的凳子。大家落座以后，王宁说："方行长，不好意思，这里条件很简陋。说是厂房，实际上是村里的一个旧仓库，村长看到我们都是残疾人，照顾我们，两层厂房1000平方米，一个月租金只收1200块钱。这个村的村民大部分有海外关系，他们有很多渠道搞到香港的电器和高档日用品，再销往内地，收入很高，村民都很富有。有些人还是华侨，基本上每家都有两三栋小洋楼，除了自住大部分还出租。"王宁简单介绍后，陪着方明到车间察看。

二楼办公区隔壁就是劳保用品生产车间。一进车间，方明看到并排着五条生产线，穿着蓝色工作服的工人在忙碌着，有的制作安全帽，有的制作防滑雨鞋，有的制作安全手套等。王宁急忙凑上前去，对方明说："方行长，您也看到了，我们这儿说是生产线，实际上都是装配流水线。我这次贷款主要是想进口几台注塑模具机床，这样就能直接生产半成品了，大概可以增加30%的利润。每一台机器价格20万左右，计划进口5台，如果您批不了100万元贷款，有多少算多少吧。销路不是问题，基本上都是老客户，以产定销，我心里有底。"

接着大家又到一楼的废品回收车间。废品回收车间分三个班组：有一个大型碎纸机，将纸品类的东西粉碎压实打包；有一个废铁锻压机，把回收的小型五金分类后压成一块块的标件，包装起来；还有一些塑料用品等。车间里面噪声很大，方明只好出来向王宁询问了一些情况。肖丽云和信贷审批人员又到财务室了解有关财务指标。中午12点多，王宁执意挽留他们吃饭，方明听说是员工饭堂做的饭菜，想体验一下这里的生活，也就不客气了。

大家来到二楼王宁的厂长办公室，不一会儿，一位身穿蓝色工服、头戴蓝色工作帽的女工端来一盆冬瓜汤，笑容可掬地给每个人盛了一碗。肖丽云说："谢谢！"这位女工只含笑点了点头，没有说话。王宁解释说："她是一名制作安全帽的工人，只能听不能说话。因为她长相清秀，服务又周到，一般来了客人就让她兼职接待工作。"肖丽云听后诧异地看了她一眼，心想："好可惜的女孩子！"王宁看出肖丽云的情绪，马上说道："我们本就是福利厂，工人以残疾人为主，除了几个跑业务的人员，95%都有残疾。我们招工的时候也规定只招聘有一定劳动能力的残疾人，我当初创办这个工厂的目的不是盈利，主要是解决残疾人的就业问题。这些工人在社会上基本无法正常生活，我这里的工作没有什么技术含量，只要生活能自理的人基本上都能干。"

随后，又上了鸡肉、豆腐、白菜等，方明赞叹说："太丰盛了！这鸡肉很好吃。"王宁说："您说得对，这是土鸡，我们自己养的，周围有大片农田和山坡，我们自己种地、砍柴，做饭都是烧树枝、树叶、干草等，既省电节约煤气，做的饭又好吃！"听完王宁的介绍，大家感觉虽然饭菜好吃，但心里都沉甸甸的。分别的时候，方明让支行长韩星交给王宁300块钱，王宁实在推脱不掉，只好收下了。

当天下午，对这笔100万元的贷款进行了专题审议。

审查员首先表态说："这笔贷款没有抵押物，又不是科技类企业，不符合贷款条件。"也有意见认为对这种公益性企业要扶持，可以放贷。两派意见相持不下。最后，方明说："我是分管信贷的副行长，300万元以下的贷款我有权决定。王宁是一位伤残转业军人，他可以把仅有的几千块钱的安家费拿出来办厂，安置这些残疾人，我们作为金融机构更应该帮扶他们。银行虽然是服务企业，但也应该负起社会责任，对这样一个弱势群体应该帮扶！我的意见是，同意贷款100万元给惠民福利厂，利率按照最优惠的政策执行，出现问题我承担全部责任！"大家听到方明的表态，都在贷款审批表上签了"同意"字样。

回到家里，妻子孟婷得知他这笔业务的来龙去脉以后，深情地称赞："你是个好行长！"

1991年3月，陈江董事长退休，行长王宏亮接任董事长职务，方明接任行长职务，肖丽云晋升为副行长分管信贷审批和贷后管理业务。特商银行又增加了8家支行，共达到38家。作为城市商业银行，特商银行没有跨区域设立分支行的权限，只能在深圳区域开展业务，所以在总行下面没有设置分行，而是对支行进行垂直管理，这种模式高效、快捷，管理成本也低。

方明任职行长以后，根据国际、国内的金融形势和深圳经济特区的地缘优势，提出三大创新理念：

第一，针对深圳经济特区发展科技和金融的定位，提出在传统银行业务的基础上集中科技力量研发网上银行业务。开发网上银行是个漫长的过程，因为电脑的普及使用率很低，银行的网络建设和功能都还很落后。网上银行业务涉及单位和个人，主要包括银行之间的往来和转账、对公之间的转账、个人之间的转账、公司与个人之间的转账等，还涉及外汇业务自动换算等问题。为了研发网上银行业务，方明在国内外招聘了一流的计算机和金融人才,在经费开支方面实报实销,不受限制。

第二,业务转型,由公司业务转为零售业务。中资银行的利润主要来源是存贷利差。这样的状况能维持多久很难说,尤其是企业贷款一旦出现坏账都不是小数。据1990年1月底有关部门统计,中国的企业平均寿命只有5年,一旦企业破产,发生坏账风险很大。如果在零售方面拓宽一些思路和渠道,比如按揭业务和高净值理财等,不但能获取高额利润还可以避免风险。国外先进经营理念和方式也可以借鉴。国外的银行主要利润来源是服务而不是利差,是因提供服务而收取的服务费和办理业务过程中收取的中间业务收入等,这是国内银行和国外银行经营的最大区别。从发展趋势看,对公业务向对私业务转型是个趋势。

第三,积极研发银行卡业务。开发这个业务迫在眉睫,随着电脑科技的进步、电算化和网络的发展,银行卡代替存折势在必行,要安排对私业务和电脑业务的高端人才专门研发银行卡业务。银行卡一旦开发成功,个人存款业务水平会大大提升,对于推动、发展零售业务会有很大帮助。

方明提出的三个经营理念和发展方向,提交总行发展战略委员会讨论,获一致同意,很快就开始实施,成果显著，尤其是网络银行、电子银行、银行卡业务在国内外都领先于同行，起到了示范作用，全国同行业的交流会数次在深圳召开。特商银行的快速发展也引起了国外一些金融机构的关注，《国际金融时报》《国际财经月刊》等国际主流的金融媒体先后进行了详细报道，特商银行在国内、国际的知名度越来越高。

第三章 拒绝诱惑

爱的十字路口

1996年8月，国际金融论坛在夏威夷希尔顿国际大酒店会议大厅举行，应邀参加本次大会的人员共380多人，来自36个金融业务发达的国家，方明和肖丽云代表特商银行应邀参加本次会议。

8月16日早上8点，两人乘坐深港两地牌商务车通过罗湖口岸抵达香港国际机场。香港到夏威夷没有直达航班，中途要经过日本中转，而且一周才有一次航班。经过3个小时的飞行，两人于下午2点到达东京成田机场，在成田机场停留1个小时，在贵宾室简单吃了一些快餐，接着飞往夏威夷的檀香山国际机场，这段飞行要近8个小时。方明的座位紧靠左边的舷窗，肖丽云挨着坐在他旁边。方明望着窗外，眼前的浮云一会像白雪皑皑的山峰，一会像一群群的绵羊，一会像一团团的棉花，一会又像飞来的白纱……他的思绪也随着这流动的景色在漂浮，他在思考这次在国际论坛上的发言稿。他很清楚，这次论坛之所以邀请特商银行，主要是因为科技创新和零售业务做得出类拔萃，但从规模上，特商银行还是不大的。如何发言，体现出特商银行的发展状况和前景呢？他向肖丽云简单地说了一下发言的思路和观点，并征求她的意见。

肖丽云听了方明的想法后，思考了一会儿，认真地说："领导，我听说来之前你和董事长都达成共识了，我提一下自己的建议，不知道是否合适，请您参考。您的发言谈国内的比较多一些，我认为应该再说一下国际上的，特别需要展望一下未来世界金融一体化构思和设想，因为这次我们是站在国际大舞台上发言……"

方明赞同道："丽云，你说得很好！我原来主要是介绍经验和我们的优势，如果加上你说的这些内容就更全面了。"

两人正讨论着，飞机突然剧烈地颠簸起来，肖丽云猝不及防，一下子倒向方明，方明也不由自主地抓住肖丽云，扶稳她。这时，乘务员广播说是飞机遭遇气流。过了不久，飞机飞出云团，平稳下来。这时，肖丽云才发现，两个人的手紧紧握着，湿漉漉的，满是汗水。两个人都觉得有些尴尬，急忙放开了手。

方明和肖丽云都负责信贷业务，两人日常工作中接触很多。业务上，他们互相配合；接待应酬，他们互相照顾。八年多来，两人风里来雨里去，同舟共济，建立了深厚的感情。虽是上下级关系，但更像兄妹关系。表面上似乎是方明作为领导对肖丽云重视、关照，但实际上肖丽云能力强、水平高，她负责的工作方明放心、省心。

方明的性格有时过于粗暴，发起火来面红耳赤，青筋都暴了出来，甚至还说些粗话。但他脾气来得急消得也快，气消了还是和平常一样，典型的"麦秸火"。肖丽云刚到方明身边工作的时候很不适应，每当方明发火就感到委屈难过，也哭过几次，甚至有几次想辞职离开。后来发现，方明虽然态度粗暴，但建议是对的，都是为了她好，只是方式让人难以接受。慢慢地，肖丽云也习惯了，从中也学到不少做人的道理和业务知识。方明是一位敢作敢为敢担当的好领导，尤其是遇到困难、问题，或需要承担责任，或给下属争取利益的时候，会挺身而出，和他共事过的同事都折服于他独特的人格魅力和处事风格。两个人对对方的家庭情况和个人爱好都很熟悉，两个家庭也经常聚餐或出游。方明在事业上很专注，但生活上粗心得很，两人出差或单位组织旅游，方明经常忘记给爱人孟婷买礼物，都是肖丽云提醒他或帮他买给孟婷。多年以来，两人互相关照，渐渐地产生了依赖，如果有一方休假或外出开会，看不到对方，都感到心里空荡荡的。

晚上11点，飞机徐徐降落在夏威夷檀香山国际机场。刚下飞机，一阵凉飕飕的海风扑面而来，方明从行李箱中取出一件西装穿上，肖丽云也穿上了一件紫红色的风衣。到达停车场，一辆会议大巴专车在等候他们，一同乘车的有30多个人，都是参加这次会议的。大巴车行驶在高速公路上，路两旁的灯光稀稀疏疏，直到临近市区，街上灯火逐渐热闹起来，酒吧、歌舞厅的霓虹灯五彩缤纷、光影粼粼。到达希尔顿国际大酒店后，会议接待处为每个人安排了客房，方明住在1201号房间，肖丽云住在隔壁1202号房间。从早上8点离开深圳到现在，快17个小时了，一路折腾，两人都感到十分疲劳，各自回房休息。

国际金融论坛会议地点就在希尔顿国际大酒店的国际会议中心。会议将于当地时间19日上午8点开始，会期三天，前两天是参会代表发言，最后一天是分组讨论和总结。距会议开幕还有两天时间，会务组都安排了活动：17日的行程是上午参观美国军舰亚利山那号纪念堂和黑风口,下午乘坐游船看草裙舞表演,然后到威基基海滩游泳;18日上午参观钻石头火山和考察当地的两家优质公司,下午自由活动。看到日程安排,肖丽云很开心,终于可以放松一下了。方明反而忧心忡忡。

"方行,难得出来一次,也算放松一下,你怎么还是闷闷不乐呢?"肖丽云问道。

"丽云,我的发言稿还没写好,而且会务组要求提供中文版和英文版,我讲话是用中文,有同声翻译,但会议厅大屏幕要显示英文字幕。另外明天去参观美国军舰纪念堂,我是共产党员,合适吗?我也有所顾忌!"

"您在国内都看过电影《珍珠港》,既然电影在国内能看,到实地看看有啥不可以的,没有人会给你上纲上线,这反而是重温历史,反对战争,这样理解还有教育意义呢!发言稿更是小事一桩,明天参观一天,后天晚上你说我打字,很快能搞定。英文发言稿我一个人搞定,你别忘了我可是美国哈佛大学的高材生啊,你当时在招聘我进来的时候说外语水平要好、要有外资银行的从业经历,你忘啦?包括这次来参加会议我也可以全程当你的翻译啊!"丽云莞尔一笑,亲昵地说道。

方明这才大大地松了一口气,说道:"好!听你的!"

17日早上吃过早餐,大家乘坐会议大巴专车来到美国军舰亚利山那号纪念堂。纪念堂分三部分：入口和集合口、供瞭望及典礼用的中央会堂、一座祠堂。祠堂的大理石墙上刻满了舰上所有殉难者的姓名。在纪念堂的墙壁上挂满了有关相片和介绍，最引人注目的还是1941年12月7日8点10分的场景：亚利山那号的甲板被1760磅重的炮弹击中，引爆了舰首的弹药库，9分钟之内，全舰连同1177名船员一并沉入海底。纪念堂还展示了其他几艘被日军鱼雷击中的军舰，场面惊心动魄！接着，大家乘坐潜艇到海底，绕亚利山那号军舰一周参观：军舰被炸得千疮百孔，已经锈蚀的舰体铁架上面挂满了杂物和绿色的海藻；中间厚重的油箱似乎还在汩汩地向外冒着油星，很像殉难者的眼泪在流个不停；偶尔有鱼类会从锈蚀的残舰里面游出来，带出一股浑浊的黑乎乎的液体，像死者的冤魂绵绵不断……从潜艇出来以后，大家都感到郁闷、压抑，毕竟是2000多人都埋葬在这里了，肉体和灵魂永远与这深奥的大海为伴！

  离开亚利山那号纪念堂，大巴到达了黑风口景点。黑风口是夏威夷最大的海风口，平坦的海面像个大喇叭，把海风送往主岛，这里平时就是无风三尺浪，稍有海风就白浪滔天，大家都小心翼翼地前行。肖丽云穿着风衣，宽大的衣摆像张满了的帆，被海风吹得呼啦啦地作响。突然，肖丽云一个趔趄险些摔倒，方明手疾眼快拉住了她的手。两人肩并肩迎风而立，前方是湛蓝湛蓝的大海，海面上有渔船在捕鱼，还不时有货船和游轮经过。蓝天、大海、点点白帆，方明望向身边的肖丽云，心中涌起一丝异样的感觉。

　　下午，大家来到一艘豪华的游船上。刚上船，一位热情美丽的女郎便把两个五彩花环分别套在了方明和肖丽云的脖子上，表示欢迎远方尊贵的客人；后来又过来几位女郎，她们把方明和肖丽云拥在中间，围绕着他们合影留念，也许把他们当成夫妻了吧。美丽的女郎们都是一身表演草裙舞的打扮，再加上游船、沙滩、大海、椰子树，夏威夷的椰风海韵都聚焦在相片里了。草裙舞和花环被称为夏威夷的两大特色，尤其草裙舞，是无字的文学作品，是夏威夷的生命和灵魂，也是外界了解夏威夷的窗口。片刻，二十多个舞女头戴花冠，脖子上套着花环，上身穿着迷彩肚兜，下身穿着绿色的裙子，跟随着独特的韵律翩翩起舞。方明似乎被夏威夷女郎的热情感染，暂时将发言稿放到了脑后。

　　一个小时后，大家驱车前往夏威夷最有名的威基基海滩。威基基海滩东起钻石山下的卡皮欧尼拉公园，西至阿拉威游艇码头，长约1.6公里。来到这个海滩的人大都会去游泳，体验和享受海水的魅力。肖丽云来的时候就带了泳衣，她想无论在海滩还是在酒店的泳池，游泳是免不了的。方明没有准备泳裤，肖丽云给他现场买了一条。肖丽云还想要买两个游泳圈，方明说不用了，他的水性很好，在武汉当兵的时候经常到长江游泳。有方明做依靠，肖丽云也就放心了。肖丽云穿的是一套粉红色的泳衣，虽然是连体的，但腰部前后就系着两根吊带，可能是多年前买的，现在穿在她身上有些紧紧的，丰腴的前胸和臀部显得特别突出。方明穿着一条翠绿色的泳裤，多年以来他身材没多大变化，一直是不胖不瘦。方明在入口附近租了一把太阳伞、一张简易的海绵垫和两条浴巾。两人在太阳伞下面坐了一会儿，喝了些饮料，就一起奔向大海。下午3点是太阳最毒的时候，温度高达29℃，沙滩上温度更高，有些烫脚。整个海滨大浴场热闹非凡，海边游泳的人很多，像煮饺子一样。远处，有探险者驾驶着帆船在游弋，还有冲浪爱好者踩着冲浪板在大浪中忽高忽低沉浮搏击，偶尔有冲浪摩托在海上交叉穿梭。海滩上各种肤色的男男女女，有的坐着，有的躺着，至少一半以上的人一丝不挂。听说两年以前这里是天体浴场，一进门必须全脱光，否则禁止入内。后来为了吸引游客，就放松了限制，裸体的和穿游泳衣的都可以进来游泳了。

方明保护着肖丽云慢慢地向深处游去，他一会儿蛙泳，一会儿又静静地仰浮在水面，偶尔也教肖丽云一些技巧。游了一会儿，两个人上岸来休息，坐在太阳伞下的海绵垫上，喝着饮料，聊天、说笑，很是惬意。在他们左边不到两米的地方，有一对男女裸体躺着，男的高大健壮，女的丰满诱人，他们用日语低声交谈着。女人发现方明在看她，很友善地微笑了一下，方明也微笑示意。

"喂！看够了没有！盯着漂亮女人看超过3秒钟属于性骚扰，知道吗？！"肖丽云嗔怪地说道，显然有些不高兴了。

方明也许是装傻，也许是故意逗肖丽云，随口说道："那我看她时间越长，她好像越开心啊！"

肖丽云一听噗嗤一声笑了。那个男的好像听懂了他们对话的意思，说道："你们游泳怎么还穿着泳衣啊，穿得太多不舒服，你看这位小姐被泳衣裹得严严实实。游泳就是全身心放松，入乡随俗，这里是夏威夷，属于开放的天体浴场。"

男人说的是英语，方明只能听懂一部分，肖丽云全部都听得懂，她微笑着点了点头，回答道："我们中国人还是有些不习惯，有些保守，谢谢你的好意！"

稍微休息了一会儿，方明和肖丽云又去游泳了。突然，肖丽云尖叫一声："我的腿抽筋了！"话未说完，头就沉了下去，随即呛了一口水。在这千钧一发之际，方明用双手托住了她，使她脸部浮出水面，说道："丽云，你趴在我背上，我背你游回去！"

回到岸上，方明背着她来到太阳伞下面，让她躺下，给她按摩抽筋的地方。周围的游客看到方明背着人，又听到肖丽云呻吟着，不知道发生了啥事，好多人投来好奇的眼光。坐在他们旁边的男女了解到肖丽云抽筋以后过来帮忙。女人拿出了一瓶活络油，和方明一起给肖丽云按摩揉搓。肖丽云的左腿小腿肚子绷紧僵硬，青筋明显突出来了。方明下手太重，也不知道应该按哪里，劲大用不到地方，肖丽云疼痛难忍。女人让方明停住，换她来。她轻柔地揉搓，把聚集的血液慢慢舒缓地散开，又让肖丽云屈伸脚趾。她不断摆弄抽筋部位，不一会儿，肖丽云就没事了。稍后，方明又给肖丽云继续轻轻地按摩，肖丽云含情脉脉地看着晒得黝黑、汗津津的、卖力的方明！临近5点的时候，大家才陆续上车，方明在女更衣间外面等着肖丽云，她出来以后走路还是不太灵便，方明就牵着她的手，偶尔扶她一把。在车上有些参加会议的朋友也询问她的情况,有的人说海水上边热,下边凉,如果长时间凉水浸泡就容易抽筋,当然与每个人的体质也有很大关系。肖丽云听后才恍然大悟。一个小时后到达酒店,肖丽云下车的时候已经没事了,一场虚惊终于过去了。

第二天晚上7点,肖丽云来到方明的1201号房间,和方明一起修改发言稿。肖丽云刚刚冲过凉,穿着一套乳白色的丝绸睡衣,柔软贴身。她飘逸的秀发披在肩上,散发着紫罗兰的味道。四十出头的女人,脸上的皮肤依旧白皙光亮,身材依然婀娜多姿,方明看到肖丽云这样的打扮,心中暖洋洋的。肖丽云坐到办公桌旁边的椅子上,打开了桌子上的电脑,微笑着说:"方行,开始吧!你说,我打字!"

手提电脑要提前审批才能通关,方明觉得麻烦,就与会务组联系,知道会议现场电脑、打印机、投影器材等都有,所以他们没带手提电脑。方明从行李包里取出磁盘插到电脑主机上,把原来写的发言稿让肖丽云看了一遍,又拿了一张凳子坐在肖丽云旁边开始修改。房间里静悄悄的,只听到"嗒嗒,嗒嗒,嗒嗒"的打字声,方明写完一页就递给肖丽云一页,两个人聚精会神地赶着发言稿。约9点30分的时候,方明全部写完,肖丽云又补充了一些内容，最后方明又看了一遍，并试读了一遍，刚好10分钟左右，符合会议要求的发言时间。于是，方明让服务员把打印机和纸张送到房间里来，准备打印出来让肖丽云翻译成英文，再拷贝送到会务组。

服务员把打印机和纸张送到房间就出去了。方明弯着腰在桌子下面找电源插座。桌子下的狭小空间里，方明在昏暗中摸索着插头的位置。肖丽云的一双长腿就在眼前，丝绸睡衣时不时摩擦着他的手臂，他有些意乱情迷。见方明弄来弄去也没插好电，肖丽云俯身想看个究竟，正在这时，方明刚好插好电源起来，两个人一下子脸对脸地撞到一起。还没等方明回过神来，肖丽云滚烫的嘴唇便堵住了方明的双唇。肖丽云突然爆发的热情令方明有些意外，他内心深藏的感情一下子被点燃了，他浑身酥软，有种快爆炸的感觉。时间似乎停止了，片刻，方明慌乱地避开肖丽云，喃喃说道："你看看我的手全部是灰，别把你弄脏了，我洗一下手，也冲个凉！"肖丽云羞怯地笑了笑没言语。

肖丽云打印好中文版发言稿以后，接着打英文发言稿。大约过了半个小时，她听到方明洗毛巾的声音，估计他冲好凉了，于是，急忙躺到了床上。

方明穿着白色的背心和蓝色的大裤衩从卫生间出来，

这是他在部队养成的习惯，无论冬天还是夏天从来不穿睡衣。肖丽云半倚半躺，含羞带笑地看着他说："我有些累了，想休息会儿再打字，可以吗？"

"可以！可以！这两天你已经做了很多事了，昨天在海滩腿又抽筋，要不明天抽空再做剩下的工作吧，反正你的英语水平又高，早点休息，回你房间睡觉去吧！我们是后天发言，明天下午6点以前把发言稿送到会务组就行。"方明说完，站在床边没敢坐下。

"我昨天晚上老是做噩梦，梦见随美国军舰亚利山那号一起沉入海底的那些士兵，他们的魂魄到处追我，我本来想叫你又怕惊扰你休息，一个晚上睡了不到三个小时。今天上午逛景点也是硬撑着，怕你扫兴。我今晚能在你房间睡吗？"肖丽云刚才还是面带微笑，瞬间用近乎哀求的语调恳求。方明犹豫良久也不知如何回答是好。猛然，肖丽云霍地掀掉自己身上的被单，下床抱住方明。方明轻轻地拥抱着她，语音干哑地说："丽云，你冷静一下！"

实际上今天肖丽云冲凉后穿着睡衣到他的房间，他就预感要发生一些事情。尤其是她打字的时候，松软柔滑的睡衣里面，伴随着她打字的节奏，丰满的乳房在他面前时隐时现，秀发散发的香水味沁人心脾。他不知要如何应付和表现。

"丽云，不要，那样做咱俩还咋做人啊！你对不起旷野，我也对不起孟婷，说不定会后悔一辈子的！"

没等方明说完，丽云低声哭泣起来："你真是毫无情趣，一天到晚除了工作还是工作，我的心早就给你了，你是真不懂还是假不懂！我在你身边工作八年，你知道我是怎么过来的吗？你看到的都是我勤奋敬业、阳光的一面！旷野是ACG财团东亚大中华区的副总裁，分管好几个国家的业务，大多数时间都是在外面跑，我这个家就是他的旅店，我在他心里也是可有可无。我是一个有血有肉的女人，我工作上强势，但我也需要爱与被爱。前年，我和旷野到罗浮山九天观算了一卦，那个算命先生说我们夫妻两个属相相克，他竟然信了，好几年他连碰都不碰我一下，你知道我有多难受吗？回到家里，迎接我的只有寂寞和孤独，幸好我还有个儿子能给我些乐趣，幸好单位里有你让我依靠。"她越说越委屈，哭个不停。

"哭吧！都哭出来心里会好受一些！"方明轻轻地拍打着她的后背。

良久，肖丽云擦干眼泪，整理了一下蓬乱的头发，说道："你是一个好丈夫，孟婷找到你是她一生的福分，我好羡慕她!"

肖丽云知道方明和孟婷是一起被从大火里救出来的,方明把孟婷看得很重。而且他是部队出来的干部,军魂已融进了他的血液中。平日里,他的办公室从来都是敞开门办公。也有女同事为了业务好开展或得到提拔等,想方设法向他投怀送抱,但都被他委婉拒绝。

过了一会儿,肖丽云坐到床上,低着头,说道:"没人的时候或今晚,我可以叫你的名字吗?"

"可以啊!那样显得更随意,不过在单位还是正常称呼吧,否则让同事误解可不好。"方明说道。

"方明,我想告诉你一件事,本想早就告诉你,为了不影响你参加这次国际会议,一直拖到现在,再不告诉你恐怕就没有合适的机会了。我回去以后就准备离职了,陪我儿子到美国读书,我也在学校附近找好了工作,一边陪读一边上班。咱们在一起工作很多年了,说句心里话,在你办公室单独相处的时候,有好多次想牵牵你的手,想亲吻你抱抱你,想依偎在你温暖的怀抱里,但我都没有勇气。本来想借这次出差的机会好好和你相处几天,实现自己的心愿,哪怕是一个完整的晚上你完全属于我,我也知足了,不敢奢望过多,只为给自己留个寄托。我把你当作一生的挚友和爱人!你已经深深地走入我的内心世界，我一辈子也忘不了，忘不了咱们相处的日日夜夜！忘不了每次遇到磨难时困惑和无奈，也忘不了每次的收获和感动。真的！我感到人生苦短，人这一辈子真的不容易！"她边说边流泪。

方明还没等她说完，就感到心里空落落的，一下子像丢了魂似的瘫坐在床上，有气无力地说："咋这么突然！这么伤感！不走不行吗？"

"我没有过高的要求，你最后亲亲我可以吗？"肖丽云满含眼泪说道。

方明实际上心底早就对肖丽云充满爱慕，但对家庭的责任、对孟婷的爱让他把这种情意压在心里不表露出来。无论公事还是私事，每当肖丽云遇到困难，他总是挺身而出，一直关心她陪伴在她左右，更何况在这依依惜别的时刻，他想满足她的任何要求，可是，他做不到，他只有再次把她拥入怀中，紧紧地抱住她，似乎想通过拥抱传达他的心意。他的眼泪不由自主地流下来，滴到她的脖子上。她慢慢松开他，用温暖的手给他擦了擦脸上的泪水，依依不舍地告别。

20日上午8点，"世界金融国际论坛"会议在希尔顿酒店国际会议厅继续进行。10点钟，特商银行行长方明发言，他发言的题目是《浅谈金融创新与国际金融一体化的设想》，虽然课题很大，但标新立异、言之有物，不空泛。方明把原来偏向于本国的金融业务的内容换掉了，视角和观点更宏观、国际化。他发言的主要内容是：第一，目前的金融形势；第二，金融创新的必要性；第三，在创新过程中可能遇到的一些困难和问题；第四，金融创新的措施和策略；第五，创新对世界经济和未来发展产生的影响和意义。他讲完以后，台下响起雷鸣般的掌声。

第三天是分组讨论和总结，代表们对各自的金融政策和管理模式都做了详细介绍，听后大家感到收获很大。

论坛结束以后，组委会又组织参会人员飞往纽约，参观纽约证券交易所和华尔街几家有名的上市公司。

22日早上7点，大家乘坐飞机出发，大概飞行了11个小时到达纽约的纽华克自由国际机场，晚上下榻在华尔街金融区的假日酒店。这个酒店虽然不像希尔顿酒店那么豪华，但清爽淡雅，距第二天的参观地点近一些。

23日早上9点，部分参会代表按预约时间来到曼哈顿下城区的纽约交易所。纽交所每次参观要提前预约，并规定人数，报备参观者的个人情况、参观理由等，非常严格。这次参会人员都是各国的金融专家、高管或精英,来纽交所不仅是参观,也是交流,因此,纽交所的高管也很重视。纽约交易所虽然名气很大,历史悠久,但所在只是一栋普通的灰色楼房,它的建筑在华尔街这水泥森林中显得不高,但它却是华尔街的主角。有一种说法:每天早上,全球最富有的人醒来第一件事,就是打开《华尔街日报》,因为华尔街主宰了他们一生的喜怒哀乐。作为世界三大交易所之一的纽约交易所更是如此,它可以瞬间成就成千上万的亿万富翁,同时也会让成千上万的人倾家荡产。从天堂到地狱,从地狱到天堂,在华尔街体现得淋漓尽致!

到达纽约交易所后,分管业务的副总裁打开投影,详细介绍了纽约交易所的发展历程、目前的交易规则、未来的发展方向等,有关人员也分别进行了提问和咨询。后来又陆续参观了高盛国际、摩根大通两家华尔街最著名的金融公司。

晚上,肖丽云的同学在他们下榻的酒店附近的一个酒吧请方明、肖丽云吃晚餐。他们每人点了一份牛扒快餐,每人一罐啤酒,本来方明想喝点白酒,肖丽云的同学说喝白酒需要出示身份证登记,方明一听嫌麻烦就不要了。吃饭期间,肖丽云和同学谈着将来的生活和工作安排。方明听着有说不出的失落,肖丽云看到他垂头丧气的样子，便匆匆告别同学回酒店。

  一路上方明没有言语，心想：相处共事八年，她真的要离开他了，要离开特商银行了。她曾经说过，她是一片云，云起云落，云聚云散，那就是她的宿命。人生可不都是如此！

第四章

都市农民工

在20世纪80年代到90年代初期,"农民工"占深圳城市人口的三分之二以上,成为深圳城市建设的主力军和有生力量,他们抱着追梦的理想,从四面八方来到了深圳这块热土,艰辛地工作,忘我地学习,凭自己的双手,改变了自己的命运,改变了深圳的面貌。

仰望深圳的高楼大厦,远眺宽广的马路,目送飞驰的列车,品味盘中的美食佳肴,看着孩子的微笑和成长……点点滴滴都凝聚着"农民工"的汗水甚至生命。

平凡而伟大的"农民工",永远值得我们尊敬和铭记。

初闯二线关

1988年6月19日上午9点，特建集团经营会议在集团办公楼二楼会议室举行，会议由集团总裁杨铁心主持。第六建筑公司总经理刘子强没来，而是由副总经理代替开会。杨铁心感到奇怪：刘子强这个工作狂人，能有什么事比来开会还重要？从杨铁心当连长开始，刘子强就在他手下当排长，多年后杨铁心当了团长，刘子强也当了营长。刘子强是个工作狂人：在部队的时候他老婆生孩子，他在山洞里面钻石头开隧道；母亲到部队他都不请假去车站接，后来还是警察把他迷路的母亲送到军营。能够影响他工作的那一定不是小事！会后，杨铁心找到代替他开会的副总经理才得知：刘子强老家来了五个人，被扣在南头检查站，刘子强去接他们了。

刘子强一大早接到妹夫长胜的电话，说和妹妹、堂妹、同村的两个小伙子从山东老家来深圳打工，五个人昨天晚上11点多就到南头检查站了，因为没有边防证被阻拦在南头检查站，两个小伙子还没带身份证，被边防人员定性为"偷渡人员"，准备遣送到樟木头劳教所。他们身上带的干粮早已经吃完了，几个人又饿又困，刘子强的妹妹秀英因为晕车一直没吃饭，再加上天气炎热，几乎快晕倒了。无奈之下才给刘子强打电话，让刘子强去接他们。

刘子强放下电话就赶往南头检查站。他到了检查站以后，出示了身份证和工作证，向边防人员说明了情况，边防人员这才没有把未带证件的两个小伙子送去樟木头劳教所，但要求刘子强写担保书，承诺出现一切问题由他负责。五个人没有边防证是不能过关的，刘子强只能和妹夫搀扶着妹妹在附近找了一家诊所先输液，顺便买了些面包和泡面给大家充充饥。

刘子强出生在聊城农村。之前妹妹只是写信说要来深圳打工，也没说几个人。他们也不知道进入深圳经济特区需要边防证。五个人露宿了一晚，脸上、脖子上和胳膊上都是蚊叮虫咬留下的红肿疙瘩。刘子强看着他们风尘仆仆、疲倦劳累的样子，不禁心疼起来。他责备妹妹："你昨天晚上就该给我打电话啊！"妹妹小声说："太晚了，不想打搅你，大家说给边防人员好好说说也

第四章 都市农民工

许能过去,谁知道越说边防人员越怀疑我们,尤其是他俩还没带身份证。"

刘子强听后也没再说什么了,心想:从山东这么远的地方过来,光火车票每个人都快200元了,再返回去也太窝囊了。现在总算把人接到了,怎么过关再想办法吧。这个时候,他才想起应该给领导打个电话,说明一下没有参加会议的原因。于是,刘子强在南头检查站又给杨铁心打了电话:"杨总,实在不好意思,因为私事影响工作。这不,老家来了几个人,千里迢迢投奔我来了,人生地不熟,农村人没出过远门,万一出现意外我也对不起家乡人啊!现在过不了关,我还在想办法。刚才我也打电话给集团保卫处了,说可以开证明,说明是我的家里人,我也可以担保,但边防人员说不行,必须有公安局开具的边防证才能过关。"

杨铁心说:"子强啊,老家的亲人这么远来了,一定要给他们找到工作,不要白跑一趟,路费那么贵,出来打工不容易。也可以理解为是支援特区建设,又不是违法犯罪,这次为了你我就破例违规一次了。我是集团总裁,我的车还是部队旧的军用吉普车,为了工作方便,边防支队给我发了一张进出特区车辆免检证,我安排司机一会儿去南头接你们进来。但座位只有四个,一个人要在座位后面放杂物的地方窝着，别让检查人员和交警看到了，行李就放在你的车上吧，你也不用到处求人了！"

"谢谢杨总了，这可帮我解决大难题了！"刘子强放下电话，安心地在诊所等司机来接。

大约过了一个小时，杨铁心的司机到了南头检查站，在诊所找到了刘子强。司机让大家坐好后就向检查站驶去。检查人员看到司机出示的进出特区车辆免检证，立即敬礼放行，也没有看车里坐的什么人。刘子强坐的桑塔纳轿车拉着几个人的行李紧跟着吉普车。就这样，11点左右到达六建公司所在的狮岭山基地刘子强的家。

刘子强1985年分到一套福利房，三房两厅，大约95平方米，整栋楼高7层，三个单元，每个单元14户。这栋楼基本上都是中层以上干部住的，刘子强是公司总经理，他和党委书记分到的是最好楼层和户型，在三楼，301房。老家来的这五个人有的扛着麻袋，有的拎着编织袋，里面装着被子、衣服和日用品等，鼓鼓囊囊的。大家一口气爬上三楼。刘子强家布置得很简单，一进门，右边是一间书房，挨着书房是客厅，客厅里摆放着黑白两色的组合柜，上面放着一台21英寸的黑白电视机。还摆放着一套咖啡色的木制沙发和茶几。穿过客厅往里走是餐厅，大概能坐下6个人，再往里是厨房和阳台。客厅左边是并排的两个大一点的卧室，靠里面的主卧室带有一个阳台。老家来的这几个人好几天都没洗澡了，6月下旬的深圳，天气炎热，中午最高气温可达36℃。他们的上衣不知湿透过多少次了，明显地印着一圈圈的白色汗渍。刘子强招呼大家赶快把衣服换下来洗个澡。他带着大家到卫生间里把冲凉设备使用方法说了一下。临近12点，刘子强的爱人郭海梅和儿子刘小龙回到家里。郭海梅在六建公司财务部当出纳员，儿子小龙上初中一年级，都在狮岭山小区，走路到家不到5分钟，海梅下班经过儿子学校，有的时候就和他一起回来。

刚进门，儿子小龙就叫了起来："哪里来的人啊，把家里搞得乱七八糟的。哎呀！你们咋没有换拖鞋就进来了，看看满地都是黄泥巴！"

"你咋说话呢！这是山东老家来的，你姑父、姑姑，还有小姑和两个叔叔。没礼貌！快叫姑姑姑父！"

小龙听了刘子强的话，有些难为情，腼腆地向大家问了好，还道了歉。

小龙好几年没见过姑姑了，加上秀英一路劳顿，消瘦了不少，脸上被蚊子叮得到处是红包，小龙看了好久才敢相认。他惊喜地喊了一声："姑姑！"一下扑到秀英的怀里,"我好想你啊!经常梦到你!"秀英紧紧地抱住了小龙。

在小龙1岁的时候,海梅就把孩子送到了刘子强的老家,一直是秀英带着。小龙小时候认为秀英就是妈妈,刘子强和海梅每年假期回去探亲,小龙也不让夫妇俩抱,只认秀英。

海梅见到久别的亲人也激动不已,急忙亲热地招呼起来。

海梅和刘子强是高中同学,1968年两人高中毕业,刘子强参军,海梅进入县城百货公司工作,两个人鸿雁传书一直联系,1971年两人结婚。1978年刘子强升为连长,因为是基建工程兵,全国各地,哪里有工程项目就到哪里,海梅也随军迁移,作为随军家属就在军营附近安排工作。因为长期的流动和不稳定,小龙1976年出生后不久,就被留在山东老家让子强的母亲和妹妹秀英照看。刘子强兄妹五个,家里孙辈孩子多,母亲一个人也看管不过来,小龙基本上是秀英带大的。秀英出嫁后,小龙也大了,刘子强才把小龙接到深圳来。所以子强和海梅一直觉得愧对秀英,兄妹几个中子强和秀英最亲了。

"起身的饺子落脚的面,按照咱们家的风俗习惯我给你们几个擀面条去！"海梅说完，就扎上围裙和面做面条去了。刘子强也一直没闲，到家后忙着洗菜。秀英几个人一路劳顿已经困得不行了，吃完饭刘子强和海梅又马上安排他们休息。

海梅说："子强，看看公司招待所是否有房间，暂时安排堂妹和两个小伙子住那里吧，住宿费也不贵，离家近，吃饭也方便，妹妹和妹夫就住在家里，让儿子和咱们一起睡，挤一挤。"

子强答道："招待所只有16间房，都住满了，最近我们公司有个工程获得了鲁班奖，全国各地来学习考察的人很多，还有些住不下到市里去住了。再说，我是公司的总经理，让自己的亲属住公司的招待所会引起公司员工的闲话，你就是按规定交住宿费了，可能也会有人误解我。在家凑合一下吧。现在急需把他们五个人的边防证办好，还要把他们两个人的身份证准备好，如果想找工作，已婚人员还需要户籍所在地计划生育部门出具计划生育证，未婚人员要出具未婚证，这些都要马上用挂号信邮来。没有边防证就办不到暂住证，没有暂住证和计划生育证明各个单位招工都不敢要。现在公安部门和用工单位审查很严格，前不久有三个内地来的打工人员准备私自从海上偷渡去香港，结果一个被海水淹死，两个被逮捕。尤其是现在一些不法分子走私电器设备,还走私毒品和其他违禁品,在外面只要发现没有边防证或暂住证的外来人员,公安人员立即就扣押起来,所以光有身份证还不行。"刘子强又转向其他几个人:"你们几个休息一会儿,到公司附近的照相馆照个证件相片,寄回老家去办理各种证件,最好边防证的有效期开长一些,因为办理暂住证需要不少时间。"

听了子强一席话,大家才感到来深圳打工太莽撞了,不像想象的那么简单,也没想到会给子强一家人添这么多麻烦。

海梅安慰说:"既来之则安之吧,那大家将就一下,堂妹到阳台上睡,两个小伙子就睡客厅吧。书房太小,孩子每天还要做作业,无法安排人睡。白天我和子强上班,孩子上学,你们也可以睡我们的床。"说完,海梅忙着打扫卫生,子强也忙着把大家的行李归拢好,又把阳台腾出来,用凳子支起一块板当床铺,让堂妹在那儿休息;客厅两个人一个睡沙发,一个睡地板。安置好以后,子强夫妇去上班,小龙也去上学了。

第四章　都市农民工

当上农民工

7月28日，刘子强收到山东老家寄来的加急挂号信，里面装有两张身份证、五张边防证和计划生育证。通过查看招工信息和熟人介绍，刘子强把妹妹刘秀英和堂妹安排在八卦岭工业区港深五金塑料加工厂上班，主要工作是加工钥匙扣。这个钥匙扣当中是一个不锈钢薄片，正面是各国的国旗，背面是各国首都名称，外壳是带金边的有机玻璃，造型精美别致。这个工厂属于"三来一补"（来料加工、来件装配、来样加工和补偿贸易）企业，产品加工好以后直接经过香港出口到指定国家。刘子强的妹夫一米八五的个头，长得五大三粗，他希望找工资高的，不怕干体力活，刘子强把他安排到隧道公司，开山洞修隧道。两个小伙子被安排在保安公司当保安。安排妥当以后，子强和海梅总算松了一口气。

时间飞逝，转眼到了春节，大家有的托熟人，有的到火车站排队，都开始买回乡的火车票了。刘子强的妹夫腊月二十三凌晨1点就到深圳火车站排队买票，发现已经有很多人在排队了，大家有的拿着小凳子，有的在地板上铺一张报纸，有的捡一块半头砖坐着，都焦急地等待开闸抢票。队伍开始时还秩序井然，到早上6点售票窗口一开，大家一拥而上，把售票窗口围得水泄不通，孕妇、老人都被挤出来了。体力不好的被淘汰到后面，有几个年轻人冲到了前面，吵吵嚷嚷的声音此起彼伏。不一会儿，开始有车站保安人员维持秩序了。深圳火车站每天发售的火车票很有限，大多数人还是买不到火车票。当保安的两个小伙子，春节值班，单位不让请假，堂妹看到这样难买票也决定不走了，只有妹妹秀英两口子坚定地要回去探亲，因为家里有老人和3岁的儿子，两人一心想回山东老家过春节。在深圳买不到票，无奈之下，妹妹秀英两口子腊月二十四一大早就赶去广州买票。广州到聊城没有直通火车，只能走京广线，在河北邯郸下车后再转长途客车去聊城。

经过四个小时的颠簸，大巴车于上午10点到达广州火车站。广州火车站里里外外密密麻麻都是人。秀英两口子见到这情景心里就犯怵了，但既然来了就一定争取买票回家。他们刚进售票厅，旁边有一个中年妇女就悄悄问他们:"需要火车票吗?我这儿到哪里的火车票都有。"

长胜一听喜出望外,问道:"广州到河北邯郸的车票多少钱?"

那个中年妇女显然是票贩子,俗称"黄牛党",她说:"到邯郸一张硬座票360元。"

"实际票价才183元,你们高出一倍啊!"

"这算便宜的,明后天还会涨,到邯郸的票窗口每天只售36张票,很紧张!"

"我每月的工资还不到500元,太贵了!不要!"

后来,长胜打听到先买站台票能混进去,便想见机行事,上了火车再补票。于是,长胜和秀英买了两张站台票进入了车站。等到下午2:30分的时候,由广州到北京的列车进站了,这趟车经过邯郸会停靠5分钟。熙熙攘攘的旅客正在陆续验票上车,验票员看到他俩拿的是站台票,不让他们上车。这时,长胜看见有人从车窗跳进车厢,他灵机一动,对秀英耳语了几句,把行李交给了秀英,趁乘警和验票员不注意的时候,他从车窗奋力爬进了6号车厢。秀英身高只有一米六,比长胜一米八五的个头差远了,虽然她把行李递给了长胜,但她努力几次都爬不进去车厢。不一会儿,火车启动了,无奈，秀英只能含着眼泪看着丈夫渐渐远去。秀英回到深圳已经是下午6点多了，她直接到哥哥刘子强家吃晚饭，顺便和哥哥说了一下买票的情况，她决定不再买票回去了，有家不能回，太难了！

春节到了，年三十到初六，刘子强和海梅都是放假7天，小龙放寒假20天。两人采购了一些年货，年三十下午，海梅给秀英的工厂值班室打通了电话，门卫把秀英找来值班室接电话。

海梅说："秀英，今天是大年三十，晚上你和堂妹来家一起吃饺子吧，我和你哥这几天都放假，你们都过来住几天吧。"

秀英："嫂子，我就不过去了，我是咱家闺女，按照老家的风俗习惯，出门的女人不能在娘家过三十，一定要初二以后才可以回娘家。长兄如父，在深圳你们家就是我娘家，我初二再过去你家吧！"

海梅："秀英，我们就你一个妹妹，大过年的你一个人头一次在外地过节，老人和孩子都不在你身边，多孤单啊！咱们入乡随俗，到广东不讲究这些，你还是过来吧，你哥和小龙都想你呢！"

"不用了嫂子，我初二一定去你家，我后边还有好多人等着用电话，厂里工人都用值班室这一部电话，我就不多讲了。"说完秀英就挂了电话。

刘子强感到大过年的让妹妹一个人在外面过节实在于心不忍，可妹妹又不同意回他家过年，他大年三十下午三点多骑着自行车，带了一些刚做好的大包子、饺子、酥肉、油条、丸子、藕夹和烧鸡等熟食，骑车赶往八卦岭工业区给妹妹送过去。大概一个小时，到了秀英所在的五金塑料加工厂，在门卫处进行了登记，把身份证也押在了值班室，按照保安人员的指引，他拎着东西就向妹妹的宿舍走去。

这个工厂在八卦岭算是大厂了，在八卦三路，坐北朝南，工厂左边是员工宿舍，右边是办公楼和食堂，正中是车间，一连三排，整个工厂占地大概100亩，屋顶全部是石棉瓦，太阳一晒就热得像蒸笼一样。也许是为了隔热防水，石棉瓦房顶上面都铺了一层厚厚的沥青。

秀英住在第二间宿舍。到达宿舍后，子强轻轻地敲了一下三合板的木门，没有回应，于是他轻轻推开了屋门，仔细辨认哪个是妹妹的床铺。一间约20平方米的集体宿舍，左边四个床位，右边四个床位，共住着八个人，都是上下床铺，由于石棉瓦房子不高，睡在上层的人根本直不起来腰。有几个人的被子都卷起来了，显然是回家过年了，右边有三个床铺还铺着被子。床铺间过道的上方扯着一条电线，上面搭着衣服，要侧着身走过去才能走到里面床位。子强认出最里面靠右边的床位是妹妹的，因为床铺下面的编织袋是他在南头检查站接她的时候扛过的。他又发现床铺枕头上放着几张照片，是秀英的女儿和儿子的照片，女儿今年10岁，儿子才3岁，可能是刚寄过来的。每逢佳节倍思亲！看来妹妹是想孩子了，想家了。当看到妹妹这里有父母的相片的时候，刘子强心里很难受，妹妹时刻挂念父母，自己在这方面做得确实太欠缺了，自从来到深圳，已经五年了，都没有回去看望过年迈的父母。早知道这样就是求人也一定让妹妹回去和孩子团圆，回去看看父母啊！沉思良久，他把大包子、水饺和油炸的食物等都放在妹妹床旁的床头柜上，顺便也把妹妹吃剩的半碗方便面简单地收拾了一下。等了一会儿，妹妹还没回来，他又回到值班室询问，保安只好带着他进入车间去看看秀英是否在加班。他跟着保安进入第二排的车间，一眼望去至少有200个工作台，车间里工作的人大概有20多个吧，妹妹秀英和堂妹的工作台紧紧挨着，都在车间东头。子强来到妹妹工作台旁边，秀英看到哥哥来了很吃惊："哥！你咋来了，也不打个电话告诉我一声！"堂妹也凑了过来打招呼。"你嫂子打电话给你，要你们来我家过节，你说不过来,大过年的哪有这样过节的,咱们出来的人不讲究,你就是死脑筋,我把春节这两天吃的东西送过来了,放在你宿舍了,你俩一起吃吧,也让工友都品尝一下,要不过节冷冷清清的没有一点儿年味。"

刘子强带领一个3000多人的公司搞建筑,平时忙得不可开交,一两个月也见不到妹妹一面,妹妹逢周末去过几次他家,他都在外开会或应酬。春节回家买火车票妹妹也没告诉他,因为老家的人在深圳打工的多,亲人、战友、朋友等,奔着他来打工的就有好几十个人。尤其他又是领导,整天带领大家找工程找任务压力已经很大了,所以秀英基本上不给哥哥添麻烦,这是秀英和丈夫说好的。直到今天,刘子强才了解了妹妹的一些情况:这个厂的老板是香港人,对春节不太重视,只放假5天:年二十九到初三,其他时间都按事假处理;他们注重圣诞节,放假12天。这个工厂的生产工人全部是计件发工资,每装配好一件产品1角,如果工作满12小时,一般的工人每月工资收入大概是360元到400元,包吃包住。比起同行业待遇已经算是好的。这几天是假期,外国客户又急着要货,凡是春节假期这5天加班的,加班工资是平时的1.5倍,高的话每天干上12个小时就能挣到20多块钱,在老家可以买20斤化肥了!

堂妹也插话说道："子强哥，秀英姐平时贫血，经常头晕，来深圳几个月休克过几次了，幸好这个厂规模大，有医务室，抢救及时，否则后果不敢想象！我说她不要经常加班，保重身体重要，我年龄小加班没事，她已经40岁了，又经常贫血，很危险！你也劝劝她吧！"

刘子强听了她俩说的情况后，百感交集。他也劝说妹妹，实在受不了就回山东吧，保重身体要紧。秀英说："哥，你不用担心，我以后尽量少加班，多补充一些营养，确实，来深圳这几个月我瘦了将近10斤，但没大事，你放心吧！再说家里每人就一亩地，我公公婆婆和长胜的弟弟就能忙得过来，我们在家好多时间也是闲着，在这打工挣一毛钱多一毛钱，你就安心忙你的事业吧，不用为我操心了！"

天色渐渐黑了下来，刘子强骑着单车返回狮岭山基地。

1989年3月15日晚上，秀英和丈夫相约来到刘子强家串门，自过年以后这是他们夫妇第一次结伴而来。吃完晚饭，秀英见哥哥、嫂子情绪都好，就向哥哥说了一个事情：

"哥，有个事我想请你帮个忙，不知方便不？"

"说吧，有啥事？你们从来到深圳打工很少到我这里来,从没给我添过麻烦!"子强微笑着看了妹妹一眼说。

"哥,是这样的一个事,这个月初的时候,长胜所在的隧道公司在开山洞的时候塌方了,砸死了三个人。出事以后单位就说他们违规操作,这三个死者的家属说人是在你们工地上死的,就得赔偿,没什么好讲的!直到现在还在打官司。我想长胜这个工作太危险,看看能否在你公司安排一下,你是总经理,找个工作应该很容易吧?"秀英、长胜和海梅都望着刘子强,想听听他咋说。

"深圳最好找工作,你们都看到了,大街小巷及车站到处都是招工广告,最缺的就是劳动力,找工作应该很容易啊!安排到我们公司影响不好,我随便给下属公司打个招呼他们都会乐意接受,问题是大家知道是我的妹夫以后,用工单位就会关照他,这样会造成负面影响。我在部队是团长,转业后我是总经理,公司员工都是我的官兵,都很正直,还一直延续着部队的作风,我不能开这头,对员工不好交代啊!"刘子强为难地说道。

秀英说:"我们都找过几个单位了,有的岗位招保安员,有的招文员,有的招会计和出纳,有的招车间普工,有的招电工和水工,有的招流水线工人等,工资都不高，有些还需要文凭和证件。长胜的意思是工资高一点，体力活再累再脏也可以，既然出来了就是以多挣些钱为目的，但太危险的活就不想干了，万一出了事故也没有保障。"

听了妹妹的话，刘子强问长胜："你还有啥特长？"

长胜说："在老家我在盖房班干过，当瓦工没有问题；在县里林场也干过，搞绿化也可以。"

刘子强沉思片刻，说道："我有一位部队的老领导在园林集团公司当董事长，我问他一下，你刚好也在林场干过，你看可以吗？"

"行，我能干！"长胜一口答应。于是，刘子强拨通了园林集团公司刘董事长的电话，把情况和需求向刘董事长做了介绍。刘董当即表示：没有问题！园林集团正在东湖和梧桐山大规模植树造林，急需这样的劳动力。但是很累，主要工作是扛树苗，有的名贵树种一棵就重200多斤，从卸车的位置扛到山顶，距离远，山路崎岖，送上去也很吃力。不过工资待遇不错，每月工资700元到800元之间。长胜和秀英听后都很高兴。秀英接着又告诉刘子强，3月30日之前要回山东一趟，现在老家对计划生育抓得很紧，只要是结婚女性，每间隔半年就要回原籍进行"查体"，主要是查看在外地工作的流动人口是否怀孕,如果发现怀孕立即手术取掉。这是当地政府规定的,就像你们国有企业一样,只要有"超生"的,一票否决。如果不回去就罚款,一罚就是几万,那是天文数字啊!再说快一年了,也需要看看双方老人和两个孩子。

刘子强说道:"这是政策?必须执行吗?如果一年为了计划生育回去两次,就是四趟的路费,又是一笔大的开支啊,工资又不高!"秀英愁容满面地叹了一口气,说:"回家看看情况,实在不行就不再回来了。女儿要上初中了,每天骑单车去乡里上学,8里路,每天早上需要准备早餐,早上6点就要起床;儿子今年3岁多了,村里有个幼儿园,虽然离家不远,每天也需要接送。公公婆婆年纪大了,农活也要干,我也担心老人忙不过来。大家也都这样过来的。咱们刘家庄2000多人,50岁以下的成年人都出去打工了,剩下的基本上都是老人和留守儿童,只有到春节一家人才能团圆一次,有时买不到火车票还回不去。时间一长也习惯了,老人再苦再累也愿意承担。"

刘子强听了妹妹说的这些情况,感触很深。他也在想:有些是政策问题,有些是个人问题,有些是社会问题,在部队的时候与外界接触不多,自从转业到地方以后，从个人到单位、社会，从家乡到城市，很多问题值得深入地思考。他也在想，能做些什么有意义的事情呢？他以前每天考虑的就是公司3000多名员工的生存问题，公司的收入、利润、福利、税收问题，个人的进步问题，公司的可持续发展问题等。自从老家断断续续来了不少打工者以后，有些事情深深地触动了他。

去年6月底的时候，他接到原来一个团的战友的电话，也是找工作的。这个战友是聊城下面一个县城的，在部队时搞水电安装，当过电焊工，叫梁宇辰，是81年的兵，1983年9月随部队转业到深圳。他叔叔是老家县棉麻公司的经理，1985年底，他调回山东聊城去工作了，在县城棉厂当一名棉花质量检验员。当时这份工作很吃香，待遇也好，很多人卖棉花时就找到他帮忙，他也很有成就感。可是好景不长，1987年，聊城调整了产业结构，压缩棉花和玉米生产，增加大蒜种植基地和大棚菜种植基地，原来的棉麻公司、棉厂、棉花收购站等缩减了一些，他所在的棉厂和其他厂合并了。当时他叔叔也退休了，他被分配到装运车间当搬运工，嫌累就辞工了。失去了工作，没了收入，他又是吃商品粮的非农业人口，没地可种，孩子要上学，还要盖房子、赡养老人，没办法，只能找老团长帮忙，要求来深圳打工。刘子强就答应了给他找工作,在电话中,刘子强也问了一下其他回乡战友的情况,得知从深圳一起回家乡工作的战友有30多个,除了调到公检法和有关事业单位的战友好一些,有相当一部分战友下岗失业了,这部分人员后悔当时离开深圳,更没有想到深圳会发展得这么好。刘子强在电话里说:

"小梁,你也知道,咱们是建筑行业,大部分都是繁重的体力活,你原来在部队当电焊工,我还是给你找个业务对口的工作吧,不过你这次来只能算是临时工了,虽然和咱们的战友一起工作,但他们是正式工待遇,你是农民工待遇,只有基本工资,没有效益工资、奖金和其他的福利待遇,这个你能接受吗?"

"可以的团长,只要不待业就行!"梁宇辰毫不犹豫地答道。

梁宇辰又介绍了其他战友的一些情况:有个战友回去承包砖瓦厂,因为大量使用泥土烧砖造成土地盐碱化,被关闭了;有战友分到林业公司工作,没活干,失业了;有些分到建筑公司,工作不饱和,待业了;有些分到供销社,效益不好,只能发部分工资。也有战友当了县公安局局长,当了县法院副院长,自己创业办公司、开工厂等。刘子强听了梁宇辰的介绍,感觉短短几年的时间，离开部队以后战友们的变化都太大了。

梁宇辰来到深圳以后，被安排在水电安装公司，还是干老本行，当电焊工，老家有个儿子快两岁了，由他父母抚养。他老婆和他一起来深打工。他老婆叫赵迪，原来在县纺织公司上班，后来纺织公司改制被别人承包了，她就办理了"停薪留职"。她有一定的纺织技术和服装设计技术，刚好到深圳后，第六建筑公司为了解决职工家属工作问题，逐渐搞起多元化发展，先后办起了纺织公司、化工厂、印刷厂、酒家、招待所等，赵迪在县纺织公司的时候对服装设计、加工、销售等很熟悉，又在聊城纺织技工学校参加过培训，对服装设计还算有一定经验，于是，赵迪经过六建公司人事部门的考核后就被安排在深港纺织公司当技术员，这是梁宇辰和爱人赵迪事先没有想到的。当初赵迪认为在家闲着没事，只不过想跟着梁宇辰到深圳看看而已，没想到建筑公司也办起了纺织公司，这让她真是有些喜出望外。赵迪没有想到的是，进入深港纺织公司，开启了她全新的人生！

白领丽人

随着公司的多元化发展,第六建筑公司更名为"天宇集团",在狮岭山后面建设了一个工业区,制定了"221战略":在五年内建成20万平方米的工业厂房、20万平方米的商业用房、10万平方米的职工住宅。制定"221战略"是未雨绸缪,万一工程任务不饱满,工业厂房和商业用房的租金收入可以支撑公司可持续发展;同时从政策层面也是响应深圳市政府提出的招商引资、内引外联的号召。新建工业区有10栋厂房,第一栋一共四层高,每层5000平方米,刚刚落成就投入了使用。

天宇集团和香港丽莎纺织集团合资兴办的深港纺织公司位于新建的工业区内,香港丽莎纺织集团投入机械设备作价300万元、流动资金300万元,占股60%;天宇集团用厂房作价400万元投资,占股40%;合作期限20年,利润分配比例按投资比例为6:4;在人事安排上，香港丽莎委派董事长、财务总监和技术总监，天宇集团委派总经理和2名副总经理及技术人员2名。深港纺织设人事部、财务部、设计部、采购部和销售部等，有8个车间、500台制衣设备。产品定位第一年是低端服装产品，主要销售对象是一线员工，产品包括工厂和施工企业的工装、餐饮行业的服装还有校服等；第二年走中端路线，主要销售对象是一般白领和中产阶层；第三年走高端路线，主要销售对象是上层人士。同时根据市场订单和盈利情况随时调整产品结构和年度计划，产品逐步由服装产品向床上用品和室内装饰用品发展。

赵迪8月底来到深圳时，深港纺织公司刚好开业，她在公司担任技术员，专门负责服装设计。她在老家的纺织公司的时候也是负责服装设计的，但在老家和深圳是有很大差别的，服装的销售对象也不同，她面临的最大的困难就是转变观念和思路。好在大同小异，只要掌握新的设计风格和技术，一切产品都能得心应手。第一个月接的订单都是建筑工人穿的工服，还有一单是一个餐饮集团定的工装，都很简单，赵迪和几个设计师设计的款式和用料对方都很满意。

9月上旬，公司董事长高然带着礼仪公司的经理江艳等人来到公司考察，江艳看到深港纺织公司的规模、

人员素养、风格、效率后,当即表示有合作意愿,但当时没有签订合同。江艳很直白地告诉高然:

"高董,从目前您公司的经营状况来看,我在您公司下订单估计没有问题,但我有两个顾虑:第一,款式。公司目前生产的是低端工服,我这次定的服装是高档服装,明年6月在海南举行世界最上镜小姐选美比赛,服装全部由我公司负责,有86个国家的小姐参赛,地域不同、风格不同、生活习惯不同、文化品位不同、肤色不同、体型不同等,这就要求制作不同服装。第二,成本。预算是300套,服装费用是固定的,我们至少找五家公司进行比较,也就是公开招标,这个贵公司能否入围很难说。"

高然说:"感谢江经理一行来公司考察,这也是对我们公司的高度信任。我们深港纺织公司刚成立两个月,现在距离你们比赛时间还有10个月的时间,根据你介绍的情况和要求,我们完全有能力承担这项任务。深港纺织公司只是香港丽莎纺织集团的一个分支机构,丽莎集团在香港还有两家纺织公司,在美国纽约、法国巴黎、泰国曼谷各有一家公司,丽莎集团先后数次为国际选美活动提供过服装,基本上都是提前交货,质量上从来没有出现过瑕疵。关于这次合作能否成功,我的想法是:

从比赛用的服装款式到面料，我们先做一套方案提供给贵公司和组委会审核，我们赞成采用投标的方式进行，竞争才能提高，才能进步。既然贵公司给予我们参加投标的机会，我先选派深港纺织的技术骨干到香港进行培训，严格按照贵公司和组委会的要求制订方案，我也承诺：我们一旦中标，保证提前一个月完成这批服装的制作，请您放心！"

江艳听到高然胸有成竹的表态，欣慰地笑了笑。

按照高然董事长的安排，拟选拔6名管理人员和技术人员去香港丽莎集团学习，人事部门根据个人能力和学历，初步拟定了6名候选人上报给经理郝东。9月10日上午，高然从香港回来，郝东就到他办公室汇报此事，并把每个赴港人员的情况大概做了介绍。高然看了名单把赵迪的名字圈了起来说：

"赵迪只是一个高中生，还是个农民工，香港总部的人会认为我们的人员层次太低，这不是给咱们丢脸吗？虽然我在深港纺织是个董事长，但我还是丽莎集团的副总裁，那里的设计师和管理人员个个都是本科以上学历，很多有国外留学经历，并且大部分都有10年以上从业经验。赵迪在县城才有3年的设计经验，差远了！"

郝东听后很为难地说："董事长，赵迪的情况有些特殊，虽然学历和阅历都欠缺，但在这6个人当中，她的工作能力是排在第一位的。我给您举个例子吧。前不久天宇集团承接了科学城一个20个亿的大项目，省里主管工程的一位领导刚好在深圳开会，于是就邀请省领导和市领导一起参加奠基仪式，省领导欣然答应。为了搞好这次庆典活动，除了日常安排以外，特建集团杨总还特意问了省领导的秘书，了解是否有特殊要求。秘书告诉杨总说：这位省领导是老革命，凡是重大活动一定穿全套中山装，一般都是灰色的，而且布料都是很普通的。杨总听到这个消息后，马上打电话给天宇集团刘总，要求他在两天之内一定完成8套中山装制作，颜色、布料、款式等一定和省领导穿的基本一样才行，并把参加奠基人员的名字都列示出来了。刘总一看名单心急如焚，这是政治任务啊，决不能含糊。他放下电话就来到咱们公司，现场办公布置任务。赵迪主动请缨，说没有问题，她在聊城做过不少中山装。第二天，赵迪亲自上门把领导们的尺寸量好，连夜从广州采购布料，亲自设计、剪裁，又安排咱们公司最熟练的缝纫能手赶工，按时把8套中山装送到各位领导手中。当时您还在国外参加时装展销会，这件事就没有惊动您。现在您看是否需要把她找来，您再考察一下？"

平 凡

高然听到郝东的介绍后也觉得赵迪有些特殊,就让郝东把赵迪叫来。赵迪忙得满头大汗地来董事长办公室,把沾满毛毛的袖套取下来,用袖口擦了一下汗,说:"董事长好!"

高然平时很少来深圳,都是参加一些重要会议才来,平时的经营都是由经理郝东负责,他一般都是月底看一下财务报表。深港纺织管理人员和技术人员有20多人,高然对他们只是有印象,名字基本叫不上来。他仔细端详赵迪:中等身材,扎着两条大辫子,白皙的瓜子脸上有些红晕,丰腴的身材,穿着一身蓝色工装,脚穿一双浅口黑色皮鞋。高然挥手示意请她坐下,说:"赵迪,郝经理说你在公司是技术员,工作能力还算可以,公司准备选拔一些优秀或有发展前途的管理人员和技术人员到香港总部学习两个月,我看了一下你的简历,资历和学历都不符合选拔要求,而且你还不是正式工,属于临时聘用人员,我想听听你个人的意见和想法。"

赵迪说:"谢谢公司领导给我这次机会!董事长,您位高权重,阅历丰富,我还听说您是留过学的高材生,我很敬仰您的才干,您是我的偶像和学习的楷模!但是,您应该知道,我们老一辈革命家大部分是农民,为了解除人民的痛苦奋起领导人民革命。在上小学的时候,老师给我们讲过一个故事,说是以前有个人没有考上高中,好多同学嘲笑他,他说:先不要取笑我,我十年以后争取站在讲台上教你们,当你们的老师。结果这个只有初中学历的学生后来当了数学家,并且培养了好多研究生、博士生。我虽然是个农民,是个高中生,但我一定树雄心、立壮志,干出一番事业!我不会让您失望的!"

这哪像是谈话,简直是宣誓、宣战一样。高然听后既感到惊讶,又感觉很难遇到这样大胆泼辣的女生,也许是一名良将。他虽然内心喜悦,但还是面色平静地说:"好吧。我们再研究一下,你等候通知吧!"

回到家里,赵迪感到委屈、郁闷,甚至有些愤怒。丈夫梁宇辰正在加固他们住的石棉瓦房子,天气预报说将有大雨狂风,他又打了一根木桩,用钢丝固定好。这间只有12平方米的房子也是租来的。梁宇辰调回山东老家以后再回来打工就是临时工待遇,不能像其他工人那样由单位分配住房。赵迪准备做饭,一看水桶里一滴水都没有,一赌气就挑起两个水桶到下坡的水井打水去了。她挑着两桶水,晃来晃去到家只剩下半桶了,心情更不好了,没吃饭就躺在床上了。梁宇辰看到妻子今天情绪很反常,就问道:"老婆,今天怎么了,这么不开心？有人欺负你吗？"一听这话赵迪呜呜地哭了起来，哭得很委屈，也很伤心。梁宇辰更摸不着头脑了，再三追问，赵迪才开口说道："我实在不想在深圳待下去了，你看看在这儿吃的、住的，还比不上山东老家。在老家虽说下岗待业，也不至于受气、遭人歧视啊！我们在这里就是外来户，二等公民，没有人看得起！"于是她就把到香港参加培训的事从头到尾向梁宇辰说了一遍。梁宇辰安慰她说："这很正常，好多正式工都没有这个机会，你们公司还有好多干部家属也没有选上，人家都没有名额；我们部队团级和营级干部的老婆好多都安排在公司打扫卫生，你刚来上班就准备给你一个去香港学习的机会已经够幸运了，去得成去不成都是领导对你工作的肯定啊！"赵迪听到这话觉得好受了很多，稍微躺了一会儿就起来吃晚饭了。

　　这次去香港参加培训的学员共30人，世界各地下属公司都派出了人员，既是培训也是交流。深港纺织公司派出了2名副经理和4名技术员，赵迪也在其中。除了赵迪，其他5个人都有深圳户口，顺利地办到了港澳通行证。赵迪不是深圳户口，在深圳办不了通行证，董事长高然让香港丽莎集团专门给赵迪发了一张邀请函，这样她才办了港澳通行证。出发前一天，高然又对每位赴港人员一一进行了面谈。单独和赵迪谈话的时候他说：

"这次派你去是对你的培养。我有一个建议，回家马上把你的发型剪一下，你扎着两条辫子一看就是乡下妹，我不是看不起乡下妹，我的爷爷也是农村的，但你要入乡随俗，深圳是经济特区、对外窗口，香港是国际大都市，你无论在深圳还是在香港或者以后到外国，你是代表公司的形象，不是代表你个人。再说咱们本身就是搞服装设计的，自己的形象都不符合潮流、不接地气，怎么生产出更好的产品？我作为公司的董事长要求你这样做，希望你理解。你刚来，我理解你的习惯，但这次是代表公司赴港培训，请你高度重视！另外，你到了广东，马上又要去香港，这里的风俗习惯和语言你都要学习。也建议你有空学习一下英语，香港很多人讲英语，我们在国外也有很多公司，都需要用英语交流和营销。我说这些对于你未来的发展有好处，你们这次参加培训的4个技术员都是后备干部人选，优秀的提拔，差的以后就淘汰了，实际上既是学习也是对你们每个人的考察。公司这次委派你去香港学习争议很大，阻力也不小，很多领导托关系找我说情都被我拒绝了，你要明白我的意图和用心，我是培养优秀干部的，我看好你的未来！"赵迪听后心生感激，告别董事长后就回家做准备了。

　　香港丽莎纺织集团是香港著名的上市企业，总部坐落在香港旺角中心地带，占地8000平方米，一座金黄色的大楼，楼顶上写着"丽莎大厦"几个醒目大字。大厦共32层，地下4层车库，裙楼6层是商业用房，7至32层全部供办公使用，都是丽莎集团自有物业。丽莎集团生产的服装销往世界20多个国家和地区，主要出口高端产品，走高端路线，连续5年年销售收入都在30亿港元以上。高然是丽莎集团业务副总裁兼深港纺织公司董事长。高然对这次培训很重视，这次香港丽莎纺织集团在深圳合资办厂，主要的目的是：以深圳为支点，辐射内地，并在国际市场提高竞争力。内地有十几亿人口，对服装的需求量很大，针对各个层次、各个地区、各个民族的情况量体裁衣，制订不同的产品和营销措施，一定可以做大；最重要的是内地劳动力、原料、厂房租金等都比较低，生产出来的产品通过香港就可以直接出口到国外。

　　学员们到了香港以后，就住在丽莎大厦6楼的丽莎宾馆。这是一家五星级宾馆，有30个标准间、10个商务套房、2个总统套房，在香港属于中上等。副总裁级别住的是商务套间，其他人住的是双床标准间。培训地点在丽莎大厦5楼。

培训的课程安排非常紧凑,从9月20日到11月20日为期两个月,主要内容是:

一、公司概况和礼仪培训;

二、了解中国和国外服装市场的现状;

三、服装设计要领和方案的制订;

四、服装生产流程;

五、市场营销;

六、市场预测与边际利润核算;

七、公司产品的定位和可持续发展的措施;

八、案例分析和交流;

九、英语;

十、结业考核和演讲比赛。

9月20日上午9点,培训开始,第一节课的45分钟由香港丽莎集团董事局主席万亚明简单讲述了公司的发展历程。

万亚明60岁左右,微胖,操着一口浓厚的广东潮州口音,讲述了30年前来香港打工的故事。他从纺织厂的学徒工做起,经历了技工、车间主任、副厂长、销售总监,后来自己创业开厂,从只有几个缝纫技工发展到今天的大型上市纺织集团,产品从香港市场拓展到世界市场，服装品牌从单一到综合，产品从低端到高端，从当初依靠借款维持经营，发展到今天坐拥百亿资产。学员们听了万亚明的奋斗史，深感震撼。赵迪是山东乡下来的姑娘，听后更是热血沸腾，原本只是在书本或电视上看到的香港亿万富豪，今天实实在在就在眼前，聆听他本人讲自己的传奇故事，这好像是在做梦一样。

晚上7点，万亚明主席和高然副总裁设宴招待来港参加培训的学员和讲师。这次前来参加培训的学员都是各地公司的管理干部和技术骨干，也是丽莎集团的骨干、精英，是集团最宝贵的财富，两位集团领导亲自参加宴会，充分体现了集团对大家的高度重视！宴席设在丽莎大厦4楼酒店的6号厅，这个厅可以同时摆放三围餐台：中间是个大台，可以坐16个人，万亚明主席和高然副总裁、讲师、分公司负责人坐在这一台；左右两旁每台坐了10人，基本都是技术骨干。这个包房装潢得金碧辉煌，沙发、座椅、餐具等都带金黄色边框，就连洗手间的洁具都镶着金边。

晚宴开始，高然副总裁致祝酒词，代表集团欢迎世界各地的学员来到香港总部参加培训学习，并寄语大家在以后的岁月里继续为公司做出更多贡献！18道菜陆续摆上餐桌，第一道菜是鸿运当头，第二道菜是雄鹰展翅，第三道菜是蛟龙出海，第四道菜是金玉满堂……法国分公司的设计总监琳达惊叫了一声："中国的菜式太丰富了，食在中国，我去过世界很多国家，中国的餐饮文化属世界之冠！"虽然她的粤语讲得不好，但大家也勉强听得懂。大家不约而同地瞄了她一眼，万亚明微笑地向她点了点头。

赵迪第一次到香港，第一次吃到这么豪华的宴席，她看到每个人前面都有一个铜色的小碗，里面装着"茶"，她端起来一口就喝下去了。坐在她旁边的香港总部的设计总监韩玲悄悄对她说："那不是用来喝的，那是吃海鲜后用来洗手的。"赵迪听后满脸通红，尴尬地说道："我以为是饮料呐！"她心想，这里吃饭也太讲究了。接着，每人又上了一份牛仔骨。韩玲看她不知道怎样使用刀叉，就教她怎样使用，同桌的琳达投来诧异的眼光。为了缓解赵迪的尴尬，韩玲说："万主席对这次你们来香港总公司参加培训的学员很重视，今天这种高规格的宴席很少见。他本身很节俭，招待一般的客人最多六菜一汤，你看一下餐台上的菜单今天居然有12道热菜，6道凉菜，女士每人一碗红烧官燕，男士每人一碗鲍鱼翅，我在这个公司工作10年了，这么隆重还是第一次。"赵迪听后受重视的感觉油然而生，心里宽慰了很多。

  培训讲师有三位：总部韩玲，法国分公司琳达，泰国分公司陈国良。为了让各位学员加深印象，有直观感觉，韩玲在第一节课就带领大家来到位于大厦一楼的服装展厅：荣誉区摆放着集团取得的各类奖励，成品区的男女模特展示着多姿多彩的各种款式的服装，原料区摆放着来自世界各地的布料，公司架构图标记着遍布世界各地的分公司和代销机构。展厅中央有一个能坐50人的投影室，全体学员在投影室观看了50分钟的投影，内容主要是介绍各种服装的设计、生产流程、销售过程、销售区域以及目前各国最流行的服装款式等。放完投影以后，韩玲随机叫了两名学员，让他们分别从展厅取来10种布料、10件衣服，她用最短的时间就指出每一种布料的产地、原料、特点，每一件衣服适合穿着的民族、人群、季节、售价等。学员们都惊叹地说：韩总监真不愧为集团的总设计师！大家感到需要学习的东西太多了，服装制作是一个系统工程，是门学问，从采购原料到销售，从国内市场到国际市场，不仅需要较高的专业水平，更需要经营和管理知识，同时也需要更广泛的自然科学知识和社会科学知识。

  两个月的培训学习结束了，在30名学员综合考试排名中，赵迪排第6名，其中单科服装设计排第2名，外语成绩排第28名，其他几科成绩排名中等水平；在深港纺织公司的6名学员中，她的综合成绩排名第一。

11月23日，深港纺织公司召开董事会，根据董事长高然的提名，拟提拔赵迪为公司副经理兼技术总监。这一提议遭到参会大多数人员的反对，主要理由是：赵迪是农民工，没有深圳户口，又不是干部身份；再说公司刚成立不久，天宇和香港丽莎的干部编制在合作协议中都已经明确。高然感到阻力和障碍很多，但是，赵迪的自身素质与其他几位管理干部比较还算优秀，虽然她的管理水平还需要提高，但她的设计能力相当优秀，于是，他想到一个折中的办法，他说："世界最上镜小姐选美比赛明年6月份举行，所需要的300套服装有5家公司参与投标，咱们公司是其中一家，时间已经很紧了，鉴于赵迪这次赴港取得深港公司第一的成绩，让她担任这次竞标小组组长，全权负责这项工作，并直接对我负责。看看各位还有什么意见？"大家经过讨论和分析，一致同意高然的提议。

自从到香港参加培训以后，赵迪好像变了一个人一样，穿衣打扮逐渐洋气起来。她比原来忙多了：董事长亲自交办的"世界最上镜小姐选美比赛服装竞标方案"

要求她一个月提交。星期一到星期五每天晚上参加技工培训，周六、周日全天参加"实用工作英语"培训。两个培训班都在罗湖区解放路的深圳大学成教部。成教部以短期培训为主，一般的培训时间是3个月到1年，而学历教育是2年到5年。培训班每月1日都可以报名，有管理类和技术类，比如工商管理培训班、财务会计培训班、英语培训班、电工培训班等，各个层次各个专业基本都有。

  赵迪住在公司附近的狮岭山工棚区，到成教部将近10公里路，不通公交车，只能骑单车去学习。12月初的一个晚上，10点下课以后，天阴沉沉的，乌云快要滴出水来了，她急忙骑上单车往回赶。刚骑了没一会儿，倾盆大雨夹着大风横扫而来，她沿着深南大道由东向西艰难地蹬着车，身上的塑料雨衣领口被大风撕扯出了一个大口子。风的阻力很大，在岗厦的一处上坡的地方，她实在骑不动了，只好下车一手抓紧雨衣，一手推着单车吃力地前行。四周空旷、寂静、黑暗，只有轰隆隆的雷声和偶尔给这漆黑的道路瞬间亮光的闪电。突然，大路的右前方出现了一排透出些许光亮的建筑物，透过雨幕，隐约看见几个鎏金大字：金钻精英保健养生俱乐部。她想，屋檐下可以避雨，等雨停了或小一点再走。

于是她就推着单车，向俱乐部走去。到了大门口，两个身穿雨衣的保安拦住她大声嚷道："这里是精英俱乐部，不能停留，你推着个单车碍事，赶快走开！"赵迪忙说："我不知道你们这里还在营业，这么大雨，我的雨衣也被大风吹破了，我想避避雨再走。我是到市里培训点上课去了，也不是坏人，你们怎么能这样撵人呐！"

正在赵迪和保安理论的时候，一个身穿旗袍的知客小姐打着一把红色雨伞出来了，她叫道："赵姐，是你啊！我是小萍啊！"她说完就赶忙用雨伞遮住了赵迪，她自己的旗袍反而被雨打湿了一大片。赵迪用手拢了拢滴着雨水的头发，擦了擦被雨水模糊的眼睛，端详了一番，惊叫道："顾玉萍！你咋在这儿上班？""进里面再说吧赵姐，一言难尽！"说着，顾玉萍让保安把单车推进大厅放在门后，拉着她的手向里面走去。保安一听是顾玉萍的熟人，也一改刚才的粗暴态度，忙不迭地向赵迪道歉。

赵迪穿着一套蓝色的西装裙，上衣被雨水打湿了一大片，顾玉萍把她带到一间更衣室，拿出自己备用的一件粉红色的外套让赵迪换上，又用烘干机把赵迪的衣服烘干。衣服干后赵迪又重新换上自己的衣服，两人这才回到一楼大厅，在靠边的一个卡座坐下来聊天。

赵迪仔细观察了一下这里的环境：这个保健中心装修得富丽堂皇，大门口外面站着两个保安，再往里门口是两个身材高挑、肤白貌美、身穿红色旗袍的知客小姐，每个小姐都是一米七以上，云发高盘，笑容可掬，彬彬有礼。虽然在南方，但12月份的天气也有些寒冷，再加上是下雨天，知客小姐冷得瑟瑟发抖。大门的大厅服务台正对着大门口，有客人在排队买单。服务台后面的大幅屏风上写着几个鎏金大字：金钻精英保健养生俱乐部。服务台的左边是男宾区，墙壁上悬挂着一个水牌，标有服务项目和价格，300～600元不等。服务台右边是女宾区，也标有服务项目和价格，也是300～600元不等。

赵迪和顾玉萍是同一批被招入深港纺织公司的。深港纺织公司有500多人，入职和辞职的事时常发生，顾玉萍啥时候离职的赵迪一点也不知道。顾玉萍说自己是9月30日辞职的。刚入职时工资很低，每月只有300多元，有一次她在公交车站看到这个保健中心在招聘知客就来应聘了，她的容貌和身高都符合要求，又是高中毕业，条件不错。在这儿每月基本工资800元，每月客人给的"小费"有时比工资还高。

赵迪端详起顾玉萍：白皙的瓜子脸，柳叶眉，妩媚动人，秀发高盘，水红色的旗袍领口下方，透过薄如蝉翼的白纱显露出丰腴的胸沟，旗袍两侧不时露出雪白的大腿。顾玉萍看到赵迪用审视的眼神打量自己，显得有点不自然：

"赵姐，我不是你想的那种人！从内心里讲我也不愿意离开咱纺织公司，虽然工资低，但是可以学到不少裁缝技术，将来回到家乡也用得上。我也知道当知客是吃青春饭的，过几年岁数一大就没有市场了。可是我家的条件不好，需要钱。我家是西部山区的一个煤矿基地的，这几年老是发生安全事故，死了不少人。煤炭市场这几年也不好，很多煤矿关闭了，我爸因此失业了，家里就没有了收入。家里的房子经常漏雨，需要翻盖新房；我弟娶媳妇还要置办一些家具，否则女方不同意嫁。我今年都26岁了，本来不想出来打工，一想到家里的情况，我一咬牙就来深圳了。我男朋友极力反对我出来打工，我把家里困难都摆明了，他只好让我出来。他听人说过深圳有'小姐'，也不放心，再三嘱咐我，最多打工两年，不要干一些'不正经'的工作。其实他的担心不多余，我在这儿上班两个月，在前台工作，不论男女，只要长得好，一般不会超过一个月就被别人高薪挖走了。有一个老板想挖我走，说每月底薪3000元，当他的生活秘书,我委婉地拒绝了。我再穷也是有志气的,不会出卖自己的灵魂和肉体!"赵迪听了,安慰她说:"我相信你的为人!"

听了顾玉萍的话,赵迪好奇地问道:"你们这里既然是保健中心,有合格的医生吗?"

顾玉萍回答:"有啊!但只是一小部分有执业资格。为了降低成本,针灸项目和心理咨询项目都是聘请的退休医生,其他项目很多年轻人,尤其是推拿按摩,也是个体力活。我们这里有个姓甘的小伙子,才20岁,英俊魁梧,一米八几的个头,有一个外资企业的女老板每次都让他推拿按摩,这个老板听说有好几家上市公司,住在香港,每次来都坐着劳斯莱斯,还带着秘书和保镖,每周固定周三下午两点到,每次都是固定按摩两个小时,固定让小甘给她按摩,每次小费就给他500元。"

赵迪又问:"我看你们写着男宾区和女宾区,可以让异性按摩吗?工作人员和客人有搞色情活动的吗?"

顾玉萍嫣然一笑:"我们是以保健为主,并且有不少有职业资格的医生,医生给客人看病是不分性别的,原则上划分了男女区域,但实际服务的时候就看客人需求了。"

雨渐渐停了,赵迪拿上顾玉萍给的手电筒告辞,在漆黑的夜色中,慢慢地骑着单车向家的方向赶去。

赵迪到家已经深夜11点半了,丈夫梁宇辰接过单车,让她抓紧洗一下休息。赵迪住在狮岭山下面一排石棉瓦房子里,房间很小,只能放下一张床和一张桌子,还有间凸出去的小厨房。一排十间房子,上面都是相通的,只要有声音,挨着的几家人都能听到。梁宇辰暗示赵迪冲凉擦身子时要小声点,避免别人听到。赵迪简单地洗了一下,用干毛巾擦了擦头发就躺下了,把遇到顾玉萍的情况向梁宇辰耳语了几句就睡了。

12月23日,赵迪按时完成了"世界最上镜小姐比赛服装竞标方案"。上午9点,在深港纺织公司会议室召开了方案讨论会,香港丽莎集团总设计师韩玲也受邀参加。结论是:这个方案从用料、色彩、款式、费用预算等方面基本符合预期,但东方服装文化氛围浓厚,缺乏西方及临海国家情调,针对性不强。韩玲建议:"深港纺织公司刚刚成立,经验不足,在这么短的时间内赵迪牵头做出这样的方案,已经是不错的成果了,为弥补方案的不足之处,建议下周法国巴黎的世界服装展销会让赵迪参加观摩一下,凭着她的悟性和天赋,一定会做得更好!"

高然和公司管理班子成员完全同意韩玲的提议。经过请示万亚明主席同意，高然决定和赵迪一同前往法国。高然身为丽莎集团业务副总裁，想借此机会考察一下丽莎集团在法国分公司的经营情况，但主要目的还是指导赵迪完成这次投标。他身兼深港纺织公司董事长，这次如果投标成功，对提升深港纺织公司的品牌形象和扩大产品知名度会有较好的效果，这对于他个人和公司都是一件好事。当务之急是需要马上办理赵迪的出国护照。1989年元旦放假前，赵迪拿到了护照，和高然立即赶赴法国巴黎，参加4日至6日举行的世界服装展销会。

　　1月3日，法国当地时间下午3点，飞机徐徐降落在法国巴黎戴高乐机场。赵迪刚下到地面，就感到阵阵凉意袭来，她问道："高总，这里气温比深圳会低多少度啊？"高然答道："现在这个季节大概低10度左右。"高然说完让她从行李箱里取出外套穿上。刚出闸口，就看见琳达和她的同事凯恩已经在不远处向高然招手了。琳达开车把他们送往乔丁斯德玛德莫赛勒酒店，这是巴黎最有名的酒店，距离巴黎国际展览中心有30分钟车程，距离埃菲尔铁塔有3公里。安置好以后，天色尚早，高然和赵迪就在琳达的陪同下视察了丽莎集团法国分公司。

　　法国分公司1980年成立，这是高然第五次来。像往常一样，分公司经理琳达、营销总监凯恩、财务总监郝一平分别向高然汇报了今年的重点工作和主要经营指标情况以及明年的工作计划。分公司现有在册员工200人，去年完成营业额折合人民币5.6亿元，利润1.5亿元，今年计划主要指标各递增20%。高然听后比较满意，赵迪听后感到惊愕：没想到服装行业的利润率这么高，更没有想到人均利润高得无法想象。她心想，假如条件成熟，自己一定创办一家纺织公司。

高然知道赵迪对西餐不感兴趣，就让琳达在唐人街找了一家中国餐厅，大家共进晚餐。吃饭期间，琳达把这次展销会的日程表递给高然看了一遍：4日早上8点到下午6点展览的是春夏服装；5日早上8点到下午6点展览的是秋冬服装；6日上午8点到12点是洽谈签约时间，下午2点到5点是音乐会，晚上5点30分到7点是聚餐会，7点到10点是联谊舞会。

高然看后说："日程和每季度的服装展销会差不多。"琳达听后附和道："是的高总，这次展销会是世界服装协会根据世界部分经销商的提议临时增加的，巴黎的1月虽然是冬季，但服装展销会展示的是春夏秋冬四个季节的服装。各季的服装都是要提前预订的，当季的服装一旦大规模上市销售，根本来不及生产，所以除了每季度小规模的服装展销会以外,又增加了这次服装展销会。大概有 30 多个国家和地区的大型纺织公司参加,另外还有来自世界各地的 100 多家服装销售代理商参加,共 300 多人。咱们丽莎集团就您、赵迪、我和凯恩四人参加,由于咱们的公司规模和品牌排名在前,咱们四人被组委会列为贵宾。聚餐会的时候有三家公司代表发言介绍经验,您作为亚洲区代表要发言 5 分钟。无论是音乐会、聚餐会还是舞会,咱们的座位都在前面最显眼的地方,所以穿衣打扮和礼节礼仪一定要与公司的实力和品牌相匹配,也要通过咱们四人的素质彰显咱们的综合实力。"

高然听了琳达的介绍,感到有些压力。他看了一下琳达预先替他写好的发言稿,进行了修改和补充:主要是站在万亚明主席和集团董事局的角度、高度、格局,在策略、方向等方面从宏观上进行了一些补充,至于公司的概况、实力、品牌等琳达写的已经可以了。

4 日上午 8 点,世界服装展销会在巴黎展览中心举行。首先是组委会主席卡米尔女士致辞。她热情洋溢地强调:"服装除了基本的保暖御寒功能以外,还具有美化人的作用,我们作为服装界的精英和设计师,一定要赋予服装灵魂,让服装变成语言,让服装变成社交,让服装变成舞蹈，让服装变成美丽的图画，让服装变成颜值和气质，让服装变成一个人外延和内涵的综合体，让服装变成一个人的标签和品牌，让服装变成人类一道美丽的风景！"

赵迪认真观看了4日和5日两天的服装展览，并对每个国家、地区、民族服装的特点做了详细记录，尤其是各个国家对服装的偏好。这些偏好与自然环境、宗教信仰、经济条件、审美观点、饮食习惯等有着天然的联系，虽然同住一个地球，同望一个天空，但人们对服装的认识和使用千差万别。她这几天做了近一万字的笔记。香港丽莎纺织集团由于自身的实力和品牌较好，两天的服装订货量达到2.3亿元人民币，高然通过电话向万亚明进行了汇报。

5日晚上，琳达来到高然和赵迪下榻的宾馆，商议第二天舞会的事情。舞会就在展览中心服装展销场地举行，那里是个多功能的娱乐场所，原本就有灯光、舞台等配套设施。下午的音乐会、晚餐、舞会，都在这个场地举行，中间空当时间工作人员会尽快变换各种摆设和用具。组委会这样做主要是考虑到不用频繁地变更地点，节省时间和成本。

高然看了一下6日晚上的舞会安排，脸色有些凝重。

琳达问道:"高总,对明天舞会您还有什么顾虑吗?"

高然答道:"咱们是贵宾,晚餐我发言后一定有很多人会关注咱们四个人,晚上舞会咱们都坐在前面紧靠舞台的位置,无论组委会的成员还是世界知名企业的领导,按照以往的惯例都会互相邀请舞伴跳舞,我在考虑大家跳舞水平是否过关?"琳达和凯恩当即表示没有问题,赵迪很难为情地说:"我在上学的时候只会跳《在希望的田野上》《白毛女》这样的民族舞蹈,舞会上的是不是一样我就不知道了。"

琳达说:"这种舞会一般都是跳华尔兹、伦巴、恰恰、牛仔舞等。"

赵迪一听就犯难了。高然说:"琳达,你根据赵迪的身材,从公司挑一套适合她穿的裙子,一定要有特色,可以展示公司形象,我晚上简单地教教她跳舞。只要有跳舞的基础就好学,不难!正常情况下明天我和赵迪,你和凯恩,如果有别人邀请也不要拒绝,见机行事吧!"

琳达去公司给赵迪拿裙子去了,凯恩回家休息。

在高然的客房里,只剩下高然和赵迪,赵迪感到有些拘谨。高然的客房是商务套房,里面是卧室,外面是会客室,摆放着电视、沙发、茶几等。高然很坦然地站起来说:"赵迪,我教你练习一下跳舞,也不难!"赵迪羞怯地站了起来。高然接着说:"交谊舞跳得好与不好,男女的舞步和姿势及表情最重要。男的带好,女的配合好。无论是华尔兹、伦巴还是恰恰,无非是三步、四步的快慢变换和转体的变换,比如直步、花步、45度转体和90度转体等。这些要领记住以后,万变不离其宗,融会贯通以后,跳起来就会得心应手。来,我带你试试。"

从赵迪第一次见到高然,快半年了,近距离和高然面对面,还有肢体接触,这是第一次。平时单独相处的时候,她也不敢和高然对视,现在高然猛然搂着她的腰,让她抬起右手搭在自己左肩上,她才猛然感到眼前这个男人是那样的英俊、魁梧。虽然他已是知天命之年,但他的皮肤依然白皙而富有弹性,开拓型的平头偶尔露出几根银丝,一套黑色的西装搭配一条暗红色的条纹领带。也许是看他看得太专一,也许是刚学舞步混乱,一不小心她踩了高然的左脚,把高然碰倒在沙发上,自己也跟着倒在了他的怀里,瞬间两人都很尴尬。赵迪急忙道歉道:

"高总,实在抱歉,我不是故意的,冒犯您了。"

"没关系,我开始学跳舞的时候也经常踩舞伴的脚,这不算啥。"高然说道。

正说着,琳达从公司拿来一套礼服裙子,高然说:"琳达,你到我里面的房间帮助赵迪换一下吧!"

琳达和赵迪走进里间卧室,尽管服务员已经把床铺收拾得很整齐,但高然的衬衣、袜子、书籍等东西放得床上、凳子上到处都是,赵迪见状帮他收拾归拢了一下。她怕高然突然进来,还是到卫生间脱掉衣服把裙子穿上了。

看着走出卫生间的赵迪,琳达赞叹不已:"赵迪,你真是太漂亮了!"

她把赵迪拉到客厅,高然审视了一番,满意地点了点头:"确实美!"

赵迪穿的是一条华丽的百褶长裙,白皙的脸颊略带羞怯,黑发像绸缎一样垂在肩上,裙子胸部以上用料是乳白色真丝,柔顺丝滑,领口透明的花边上镶着一圈耀眼的珍珠,衬托着她丰腴的胸部尽显诱人的魅力。猩红色天鹅绒裙围上缝有 16 只金色的蝴蝶,随着裙摆的摆动好像在翩翩起舞。因为是冬天,室外温度白天最高时才 8℃,所以裙子布料厚一些。高然又细细打量了一番,说道:"如果再把发型打理一下会更加光彩照人,典型的东方大美女!""是啊!充满了东方美。这布料都是中国产的，上衣的原料是杭州的桑蚕丝，裙子的原料是福建漳州产的天鹅绒。"琳达也附和道。

　　为了尽快提高赵迪的跳舞水平，琳达还主动邀请高然把几种交谊舞给赵迪演示了几遍。琳达是个性格豁达的人，圆脸，金色的鬈发，已经30岁，是一个孩子的母亲了。她26岁就当了法国分公司的经理，在工作上是个拼命三郎。欧洲人工作一般没有加班的习惯，但是琳达经常加班，也许是受中国籍员工的影响吧。她对赵迪说："无论是日常的服装展销会，还是大型的活动，跳舞是经常的事，尤其是交谊舞，它是一种交际的工具，音乐、舞蹈和服装是不可分割的三姐妹，当三者融为一体的时候，形成的美感是无与伦比的。巴黎是浪漫之都、服装之都，万亚明主席和高总来巴黎，我和同事陪领导跳舞是常事，所以希望你接受这些，跳舞既是一种高雅的礼仪和文化，又是营销和交际的需要。"接着她让高然和赵迪把几种交谊舞又继续练了几遍。琳达说："舞步基本没有问题了，就是你们的姿势不够规范，尤其是身体的间距太远。跳舞本来是很自然的，赵迪好像老是把高总往外推，看起来好别扭，达不到交谊的效果。"赵迪听后满脸通红。高然和赵迪又演示了一遍，这次赵迪就挺胸而上，由于贴得太紧，高然能感觉到她温热的乳峰。琳达说:"你们间距又太近了,好像贴在一起了,根本迈不开步子,更洒脱不起来。"

三个人把茶几搬到了旁边,场地宽敞了一些,在琳达的指导下又演练了一个多小时,赵迪和高然基本跳得默契了。实际上高然早就知道赵迪动作不规范,就像身体距离的远近,但他实在说不出口,幸好有这个泼辣的琳达毫不留情地指导,赵迪才放开一些。如果赵迪一味地拘谨,甚至把跳舞看成一种不健康的活动,那就误解了交谊舞的本质。实际上今天琳达不仅从动作上教会了赵迪跳舞,更关键的是让她懂得了跳舞的目的。到11点半的时候,大家才各自散去休息去了。

6日晚上7点,晚宴结束以后,舞会按时举行。经过精心布置,豪华的展览大厅变身为金色大礼堂,璀璨的灯光交相辉映,优雅的音乐溪流般流淌。男的身着西装、女的穿着不同颜色的礼服相继进场入座。晚会司仪介绍了本次服装展销会的主要成员、组委会的成员以及巴黎的部分社会名流后,舞会开始了。开场是华尔兹舞曲《蓝色多瑙河》《西班牙圆舞曲》……高然一行四人坐在中央舞台旁边第二个包席,一排镶金边的精致台卡上分别写着他们几个人的名字。随着大家陆续起舞,琳达和凯恩进入舞池翩翩起舞,接着高然也挽着赵迪滑入舞池。起伏的舞步，优美的旋律，五光十色变幻莫测的灯光，构造出祥和、安宁的氛围。突然，一段迪斯科和恰恰舞穿插进来，年轻人顿时热情如火，呼声如潮，加上快节奏的乐曲和万变的灯光，舞会被推向了一个高潮。琳达和凯恩早就去舞池疯狂去了，高然毕竟50岁了，不喜欢剧烈的运动，赵迪看着领导坐着不动，她也没有下去跳舞。

狂热了一阵子，一曲《大学生圆舞曲》悠扬响起。一位西装革履的中年男人来到赵迪面前，躬身说道："赵女士，我是新加坡服装经营集团CEO邓一甲，我可以请您跳支舞吗？"赵迪被这突如其来的邀请弄得不知所措，她用求救的眼神望向高然。高然鼓励道："邓一甲邀请你跳舞，是对你的欣赏和赞美，一定要赏光啊！"听到高然这样说，她诚惶诚恐地随着邓一甲走入了舞池。邓一甲个头不高，身材有些臃肿，跳了没有几步额头上便似乎有了一些汗珠，但他的舞风很沉稳、流畅，掌控能力很强，带着赵迪如鱼儿游动在舞池中。赵迪傲人的身材和似火凤凰的舞裙，吸引了周围舞者的眼光，很多人没到这支舞曲结束就提前回到座位上欣赏着赵迪的舞姿。舞曲结束，邓一甲牵着赵迪的手彬彬有礼地把她送到了原来的座位上。还没等赵迪从紧张、窘迫中回过神来,琳达就脱口而出:"赵迪真是太美了,简直是东方女神!原来还担心你跳不好出丑,结果效果出人意料!"高然也欣慰地和赵迪对视微笑了一下。

舞场休息10分钟,服务生送来一些洋酒、啤酒、小吃。这时,邓一甲拿着一杯洋酒走过来,说道:"高总裁,晚餐的时候听了您的发言,感觉贵公司从品牌到实力都值得我们学习,刚才我和赵女士跳完舞回到座位上,我们公司的几个下属就说,赵女士的这条裙子好漂亮,我们简单地商议了一下,准备订货10万件,就是裙围的图案我们要求适当地修改,原来裙子上的蝴蝶,看看贵公司能否改为白帆点点的渔船和湛蓝的海浪,这样比较贴近我们的自然环境和风土人情。除此以外,还有其他的一些图案,我们回去以后尽快制订一些方案出来,想听听您和几位朋友的意见。"高然一听喜出望外,站起来招呼大家共同和邓一甲干杯,大家客套几句,交换了一下名片,握手告别。

邓一甲离开后,琳达匡算了一下,赵迪穿的这条裙子目前标价折合人民币800元,如果10万件就是8000万元,昨天已经签约2.3亿元,这几天共成交3.1亿元。高然感叹地说道:"没想到赵迪这条裙子、这支舞蹈,起到了广告作用,又带来意想不到的大单业务,所以商机无时不在啊！为了业务，为了赵迪，我敬大家一杯。"大家一饮而尽。作为回礼，高然又和赵迪一起来到舞池对面邓一甲的座位上，向邓一甲和他们公司的5个人都一一敬了酒。

晚上10点，舞会结束，公司的车送高然和赵迪回宾馆，凯恩开车送琳达回家。一上车，赵迪就把高盘的头发解开了，晚会的打扮让她实在感到拘谨、不自然。高然本来没有打算喝酒，但突然飞来的业务使他过于兴奋，所以喝得有些多。洋酒有后劲，再加上一出舞厅大门冷风飕飕地吹个不停，到停车场要走好几分钟，一上车他的醉意就上来了。赵迪看他坐不稳，就扶着他，他就顺势倒在了赵迪的怀里。她低垂的秀发轻撩着他醉得红彤彤的脸，沁人心脾的玫瑰香刺激着他的神经，虽然醉醺醺的，但他能隐约听到她急促的心跳。怕他的头部碰到车厢的硬件，她把他的头紧紧地抱在怀里，她的体香和体温使他倍感亲近和温馨。也许是酒力发作了，他双手一会儿抱着头，一会儿抚摸肚子，断断续续地说："头好疼，好烧心！"于是，赵迪一手搂抱着他，一手帮他揉太阳穴，试图帮他缓解痛苦。他的手无意间碰到赵迪的小腿，光滑的皮肤，冰凉冰凉的，这时，他才意识到赵迪还穿着裙子，没来得及换衣服就搀扶他上车

平 凡

了。直觉告诉他要清醒。他硬撑着想坐起来，结果浑身发软，他喃喃地说道："赵迪，真对不起，给你添麻烦了。"说完，又倒在了她温暖的怀抱里。赵迪安慰说："醉酒以后不能吹风，不能乱动，您休息吧，到了酒店我再叫醒您。"他不由自主地握住了她的手，她没有回避。

高然虽然身体不适，但还是清醒的。在他看来，赵迪是一块璞玉，只要稍加雕刻，便会大放异彩。赵迪说过，她小的时候最爱美术，热衷于服装设计，她认为美术和服装是不可分割的。高中毕业以后没有考上大学，她就参加了服装设计培训班，只要是服装的设计和剪裁，她都过目不忘。一开始高然不信，后来一连串的事实证明赵迪确实是难得的人才，这也是高然用心栽培赵迪的主要原因。千军易得，良将难求！高然断定，赵迪在服装界的发展前途是不可估量的。刚开始，他对赵迪在感情方面就是单纯的上下级关系，没有任何非分之想。但人非草木，通过长时间的接触，他发现对她除了工作上的欣赏以外，慢慢地有种爱慕的情愫在心底升起，他也隐约感到赵迪对自己除了尊敬、信任以外，还多了一些男女间的爱慕气息，这种气息越来越近，越来越浓，越来越温馨，有的时候甚至让他难以入眠。

大约过了20分钟，司机把他们送到了乔丁斯德玛德莫赛勒酒店。赵迪让司机回去，她架着醉醺醺的高然向他住的12楼客房走去。出了电梯以后，高然醉意减轻了一些，赵迪让服务生打开了他的房门，并把客厅和卧室的灯全部打开。赵迪把他扶到床上，帮他脱掉皮鞋，又把西服也脱下来，领带也取下来，又让服务生拿来两杯白糖水解酒。让高然喝了糖水以后，赵迪又用热毛巾帮他擦了擦脸，并再三嘱咐服务生，每隔两个小时到这里看看客人是否需要帮助。她告诉服务生自己住在806房，遇到紧急情况随时叫她，服务生点头答应。

第二天早上8点，赵迪拨通了高然住的1201房间内部电话，高然已经洗漱完毕，正准备去二楼餐厅吃早餐，赵迪才松了一口气。不一会儿，赵迪也来到二楼餐厅吃饭。高然对自己醉酒表示歉意，也感谢她的照顾。赵迪说都是自己人，应该做的。

9点，琳达和凯恩来到高然的房间，打电话让赵迪也来高然房间，商议了一下就开始了一天的行程。他们先后去了巴黎圣母院、埃菲尔铁塔、凯旋门、雨果故居等景点参观。高然虽然来过巴黎很多次了，但他很少照相，只是每次来巴黎一定去参观埃菲尔铁塔并留影，寓意步步高；每次去凯旋门的时候一定留影，寓意胜利归来。这次也不例外。不过这次是带着赵迪来到巴黎，他便和赵迪、琳达一起在埃菲尔铁塔、凯旋门和其他景点都合影留念了。尤其是赵迪，能够来到法国巴黎对于她来说是无比的荣耀，能和高总一起来法国更是她的荣幸！她很珍惜这次机会，在每一个景点都留下了她美丽的倩影。下午3点，高然来到巴黎分公司，和新加坡服装经营集团CEO邓一甲签约，双方就服装要求和价格又进行了商议，愉快地达成了共识，10万件服装订单顺利签约。8日早上7点20分，高然和赵迪从戴高乐机场出发，乘坐飞机飞回北京。

赵迪从法国回来以后，快半个月了，晚上梁宇辰很少碰她。有时赵迪主动，他就说些这几天工地上的活太多、在30层以上焊接钢筋、身体好累之类的话委婉拒绝。赵迪和梁宇辰是高中同学，感情一直很好，这次梁宇辰冷淡的原因她也清楚：她从法国回来当天，是下午5点，由于是周末，梁宇辰在家，见到赵迪，不顾她一路劳顿，外面还亮堂堂的，就向她求爱，他的爱欲得到释放后开心地做饭去了。吃完晚饭，赵迪拖着疲惫的身体骑单车去市里上课。梁宇辰在收拾赵迪行李的时候发现了高然、赵迪和琳达的合影照片。当时梁宇辰就十分气愤。等赵迪上完课回到家，梁宇辰拿出照片，生气地说:"真不要脸,和一个男人合影!我要是知道你变成今天这个样子,当初就算饿死我也不会让你来深圳!"赵迪很委屈地辩解道:"宇辰,咱们结婚好几年了,我从来没有做过对不起你的事,都在一个单位工作,男女接触很正常,好多领导或老板带的秘书、翻译、司机都是女的,一天到晚跟随他们,那也是工作需要啊,不像你们工地上都是清一色的男同志。因为工作性质不同、岗位不同,异性相处都是很正常的事。照片上你看到的是我们董事长,也是丽莎集团副总裁,叫高然。我和高总出差也是工作需要,这次去法国是参加世界服装展销会。高总左边那个女士是法国人,叫琳达,是我们法国分公司的经理兼设计师,上飞机之前她说还有些时间,提议到法国有名的景点照张相片做个纪念,我只好服从一起去了,没有你想的那么复杂,我也没有那么龌龊!既然离开山东老家了,你也把思想放开一点,咱们山东女人老一辈就是大门不出,二门不进,客人来了吃饭女人不上桌。现在都是什么年代了,你还用这种陈旧思想禁锢我。你认为我愿意这样做吗?来到深圳大半年了,我瘦了快10斤了,除了正常上班,我周一到周日业余时间都要去市里参加培训学习,每次来回骑单车都要3个小时,刮风下雨,黑灯瞎火的,我一个女人家,容易吗？"她越说越委屈，忍不住放声大哭起来，尤其是说到儿子的时候她哭得更伤心。她确实太忙了。刚来的时候经常想念儿子，只要一想到儿子或梁宇辰提到儿子，她就掉泪。后来忙得根本没时间想儿子了，她把绝大部分精力都用在了工作和学习上。梁宇辰一看到这情景，也觉得自己话说得有些过重了，看着赵迪消瘦的面颊，听着她心酸的诉说，心里不禁怜惜起来。他温言安慰了好一阵子，总算把这场家庭风波平息下来。但是，梁宇辰心里从此就结下了疙瘩。

1989年春节，本来赵迪想和丈夫梁宇辰回山东看望老人和孩子，想一家老小过个团圆年，但临时接到公司通知：1月21日上海时装展览会需要赵迪参加。公司又承接了为礼仪公司大型会议提供服装的业务，很多款式需要设计。公司一般员工只放假5天，管理人员和技术人员只放假2天。无奈，赵迪只好留下来，梁宇辰自己回老家探亲。赵迪经常出差，高级技工考试培训和英语培训都耽误了很多课程，她只能在繁忙之中抽时间看书，中午从来没有休息过，晚上10点下课回来到家就快11点了，她还要坚持做功课，只能这样拼命地工作和刻苦学习，才能使工作和学习两不误。

2月底，赵迪又带队去海南三亚，专门拜访了世界最上镜小姐选美比赛组委会的主要成员和礼仪公司经理江艳。根据赵迪的需求，江艳把参加本次竞赛小姐的资料全部提供给了她。赵迪根据法国巴黎和上海服装展销会展示的一系列产品的地域特点，又结合参赛国的风土人情以及每个人的外形、爱好、性格等，制订了一套竞标方案，提交给总部香港丽莎集团。万亚明主席亲自主持开会讨论，一致赞成通过。

3月30日，世界最上镜小姐选美比赛组委会在海南三亚总部当场开标，深港纺织公司以95分的综合成绩在五家公司中排名第一，如愿中标，并同组委会签订了合同。

高然和赵迪从海南回到深圳以后，马上组织管理层和技术骨干对整个投标方案进行梳理。距离比赛还有三个月的时间，组委会要求5月30日按时交货，比原计划提前了一个月。300套服装的主人来自86个国家，时间紧，任务急，高然经过再三斟酌，决定把这项任务交给第一车间完成，因为第一车间本来就是赵迪负责的车间，便于指挥和协调。赵迪接到任务以后感到既光荣又忐忑。这是国际比赛用的服装，不能出一点差错，好在她先后参加过法国巴黎和上海服装展销会，对不同类型的服装她心里已经有数，对所有参赛小姐的个人爱好和所在国家风土人情等都已经掌握，又得到高然董事长的鼎力支持，她还是充满信心的。

大家加班加点、不辞劳苦地勤奋工作，5月20日，比赛用的300套服装提前完成。赵迪代表公司第一时间邀请组委会和礼仪公司来深圳验货。礼仪公司江艳一行于22日上午到达深港纺织公司。来到展厅，映入他们眼帘的是琳琅满目、多彩多姿的300套服装，江艳佩服地竖起大拇指："贵公司真了不起，我公司承办过多次国内和国际服装比赛，从时间到质量，你们是最好的，我们最满意！"接着，在公司的展厅，赵迪打开投影仪，从原料采购，到制作流程、产品特点等都进行了详细介绍。江艳听后赞叹："太好了！如果以后有大的订单，还是交给贵公司制作，我们放心！"高然听后很欣慰，赵迪也有一种如释重负的感觉。

6月30日晚上，世界最上镜小姐选美比赛颁奖仪式在海南三亚民族大剧院举行。经过两天的激烈角逐，欧洲小姐赫莎获得冠军，亚洲小姐南宫获得亚军，非洲小姐桑迪获得季军。深港纺织公司提供的服装设计新颖脱俗，成为这次大赛的亮点，组委会的提议，比赛增设了"最佳服装设计创新奖"颁发给赵迪。当赵迪身着象征海南风光的"椰风海韵"桑蚕丝礼服走向领奖台的时候,灯光璀璨,人声鼎沸。她彬彬有礼地用双手从组委会主席麦格手中接过奖杯,感动得热泪盈眶。发表获奖感言的时候,她哽咽地说道:"感谢各位评委和参赛者对我的信任和褒奖,感谢公司和高然董事长长期以来的关心和支持,感谢大家对深港纺织的认可和赞誉!我会一如既往地继续努力,争取创造出更多更新颖的产品,让世人和世界变得越来越美丽!"

世界最上镜小姐选美比赛之后,香港丽莎纺织集团借势在主流媒体上进行了大力宣传,一时间订单像雪花一样飘向香港丽莎集团,深港纺织公司更是订单多到应接不暇,500名工人经常加班加点,有时还满足不了客户的需求。无奈之下,只能先做利润高的订单,低端产品及利润不高的暂缓接单。高然和大家商议,如果这样下去不利于公司全方位发展和品牌维护,最好的办法就是扩大再生产。不久,公司承租了天宇集团刚建好的3号厂房的第二层,面积和原来的厂房一样,经过简单装修、安装设备、招聘工人等,8月份正式投产。这次新租的厂房设6个车间,新招600人左右,这时的深港纺织公司总人数达到1000多人。

8月30日,赵迪参加了"高级技工入户考试",9月10日接到成绩单,平均分数96分,在全市300名参考者中名列第5名。她拿到成绩单后,第一时间就和丈夫梁宇辰找到天宇集团总裁刘子强,把近期的工作情况和这次入户考试情况向刘子强做了汇报。刘子强说:"赵迪,你来到深圳一年多时间,取得这么优秀的成绩,我很欣慰,你在各个方面进步的速度真是当之无愧的深圳速度!深圳正需要你这种敢闯、敢干的年轻人。不过我们部队从1983年转业至今快7年了,还有很多干部和员工的户口问题没有解决。虽然你考得很好,符合把户口迁入深圳的条件,但你是我们委派到合资单位去的员工,会占用天宇集团的入户指标。今年技工入户指标只有10个,昨天人事部门报给我符合入户的有38个,所以要排队,等机会。虽然我是总经理,但任何调干、调工都要经过党政联席会议通过。再说你老公梁宇辰转业回家乡又回来,虽然是在我公司上班,但属于临时工,他的户口也不在深圳,假如你有了深圳户口,也会考虑解决夫妻两地分居问题。我们两万基建工程兵最大的问题便是夫妻两地分居问题。这个事你先把手续交给人事部门排队吧,希望还是很大,就是时间长短问题。"赵迪和梁宇辰从刘子强家里出来,闷闷不乐甚至有些灰心。第三天的时候,赵迪看到高然来到办公室,就急忙把考试入户的事一五一十地向高然进行了汇报。高然又把公司的人事部部长叫来，说："像我们这样的企业，从规模、效益、品牌等来看，已经属于优秀的'三来一补'企业了，一个技术骨干的户口都进不来，成何体统！你三天之内把深圳的所有入户政策全部搞清楚！"

人事部部长走后，高然又单独和赵迪谈话，高然说："户口应该问题不大，我是市政协委员，今年的政协会议上，提到最多的问题就是用地问题、税收优惠问题、人才户口问题、打破干部和工人身份界限的问题。你来公司一年多了，进步很大，从服装设计到生产、销售、品牌等，各个方面都掌握了，尤其是你设计的产品在世界最上镜小姐选美比赛中获得了最佳服装创新奖，这是丽莎集团成立20年来第二次获得世界级的奖项。这次获奖，对提升公司品牌形象、扩大业务量发挥了很大作用，创造了巨大效益。最近董事会正在研究你的晋升问题，无论户口是否迁入深圳，我们都决定对你提拔重用，进入主要管理干部岗位。我一直认为你是一位不服输的女性，虽然性格有些耿直，但你的人品、气质、敬业精神、爱学习、爱拼搏的优点，决定你的事业一定会成功，我看好你的未来。也正因为看好你，在工作上我对你很严格，要求很高，也有意让你参加巴黎和上海的重大服装展销会，开阔你的视野，拓宽你的思路，有意重点培养你。正因为你有潜质，我才可以栽培你，希望你明白我的用意。"

听完高然一席话，赵迪豁然开朗。她说："谢谢高董的良苦用心，我争取不让您失望，一定珍惜您给我的平台和各种机会！"从高然办公室出来，她就回到了自己的设计室，又开始忙碌起来。从此，她也不把户口看得那么重要了，她把自己的人生目标定得更高、更远大了。

人事部很快把人才入户政策摸清楚了。人事部部长从市有关部门拿到有关文件和材料。根据政策，去年深港纺织公司虽然开业不到一年，但当年盈利和上缴税金都达到了引进人才入户的标准，可以争取到3个技工入户指标。高然和赵迪听到这个消息都很开心。为了慎重起见，深港纺织公司对技工从职务、文化程度、业务能力、考试成绩、贡献等多个维度进行考核排名，排名前三的可以入户，赵迪排名第一。不到一个月的时间，赵迪的户口就迁移到深圳，因为赵迪很忙，办理户口的手续主要是丈夫梁宇辰帮她落实的。

10月20日，深港纺织公司董事会召开会议，主要议题是：

一、讨论新厂出资比例。扩大再生产需要的新增设备和各种投入，丽莎集团和天宇集团还是按照6∶4追加投入。

二、关于1989年的利润分配问题。结转到1990年一起分配。

三、关于人事任命问题。由于香港丽莎集团委派的技术总监和天宇集团委派的一名副经理都到了退休年龄，同意两人退休。两人的职务不再设置。

四、高然提名赵迪为深港纺织公司常务副总经理兼技术总监。

高然的提议引起参会人员的争论。来自天宇集团部分董事认为，赵迪是工人身份，管理经验欠缺，直接当常务副总经理不合适。另外，她是属于香港丽莎委派的干部还是天宇委派的干部，不够明确。来自香港丽莎的部分董事也认为赵迪晋升太快了，使用不当会产生负面效应。高然力排众议，斩钉截铁地说："我理解大家的心情，大家分析得很有道理，我说一下我的想法和意见。赵迪虽然年轻，但她敢闯、敢干、敢担当，英雄不问出处，我从事服装行业二十余年，积累了投资办厂经验，当年开厂当年盈利的很少，尤其我们深港纺织公司，开业才半年，但营业收入和利润超出我们的预期。赵迪为省市领导制作中山装，得到好评；在海南三亚举办的世界最上镜小姐选美比赛使用赵迪设计的服装,让世界都知道了咱们的品牌,订单源源不断,应接不暇。赵迪为公司的发展立下了赫赫战功。万亚明主席原计划调她去丽莎集团任职,她为了丈夫和孩子委婉地拒绝了,后来经过请示万亚明主席同意,我才提名她任职深港纺织公司常务副总经理兼技术总监。她现在的工资每月650元,提拔以后她才1300元,如果她在香港,每月至少5000元港币。我可以不夸张地说,她创造的价值每月给她工资1万元都不为过。同时,为了培养她,公司也付出很多,出经费让她参加一系列的服装培训和国际国内的各种服装展销活动,她的视野早已不局限于深圳,而是拓广到国际市场。所以,我提名她、重用她,既是对她以往业绩和能力的认可和肯定,也是鼓励她为公司做出更大的贡献。如果将来出现任何用人不当的后果,我作为董事长负全部责任。"

大家听了高然的讲话,不再反对,都举手表示赞成。

1990年农历腊月二十三,小年。离家两年后,赵迪回老家过年。到家时正是中午12点,远远望去,家里的房子好像旧了,矮了!一进门,看到父母苍老了很多。她从记事起,就没有见过爸爸流眼泪,此时,爸爸看到她,竟用袖子擦了擦眼睛。她深情地抱起儿子,儿子猛然挣脱她的怀抱，充满戒备地说："你是谁啊？我不认识你！"那一刻，她无言以对，霎时泪流满面，良久，才喃喃地说道："爸爸！妈妈！我真对不起你们！我不是不想回来看你们，好多次，我一个人偷偷地哭，我好想你们，在外面打拼好不容易，好多次我想放弃，想不管不顾地回来，可是我不能！真的不能！希望您二老理解女儿！"她越说越伤心，愧疚地跪在父母面前。妈妈把她扶了起来，说："以后再忙你也回来看看吧，你的心太硬了，孩子都不认你了！"她望向儿子，说："小峰，好儿子，妈妈很想你，每天都想。"

赵迪离开家去深圳时，儿子梁小峰才1岁半，现在3岁多了。在他记忆中，只有奶奶陪伴他，没有妈妈，所以他见到赵迪感觉很陌生。赵迪一个下午都和儿子腻在一起，慢慢地，小峰开始亲近妈妈了。梁宇辰这一年多回来过几次，儿子和爸爸很亲近。亲朋好友和街坊邻居听说赵迪回来了，都前来看望。大家觉得当初离开家乡时的小丫头现在俨然是一位稳重、成熟、有素质的职业女性，她脱胎换骨变成另外一个人了。大家在赵迪面前有些拘束了。但是两年的辛勤付出也在她身上刻下了痕迹：增添了一些白头发，鱼尾纹也出现了，原来红润白皙的瓜子脸苍白消瘦了一些。她自己认为这一切都是值得的，她与深圳经济特区一起快速成长，这对于她来说是难得的机遇。

年初八，赵迪含泪辞别了爸爸、妈妈、儿子和众多的乡亲，和丈夫梁宇辰背起行囊又回到深圳，投入到紧张的工作和学习之中。

1990年7月，赵迪参加全国成人高考，考入深圳大学经济管理系，高然董事长没有批准她全脱产学习。高然说："你现在是常务副总经理兼技术总监，如果脱产学习四年，就意味脱离工作岗位，我只能提拔其他人担任这一职务。你四年后取得本科学历，发展未必有现在好，再说业余学习也可以参加全国统考，国家也承认学历，建议你选择业余学习，这样一边工作一边学习，对于你个人和公司都有好处。公司有1000多名员工，今年有280人参加了各类考试，考上各类学校的有50多人，有脱产的和业余的，有短期培训班、有技校、有中专、有大专、有本科。对于员工参加各类学习，公司是鼓励的，但需要处理好工作和学习的关系。咱们是深港合资企业，任何学员不能报销学费，也不能带薪学习，你是公司领导，鉴于你为公司做出的贡献和你未来的发展，公司经过研究决定，给你报销四年本科全部学费。"赵迪听后，只好放弃了全日制的学习机会，改为业余学习，主要是利用周末和晚上时间学习。

1996年，两万基建工程兵的户籍问题全部解决，夫妻两地分居和孩子入学问题得到妥善安置；因为赵迪是深圳户籍，梁宇辰和孩子的户口也全部迁入深圳，一家人终于团聚了。1996年8月，高然董事长定居美国，担任香港丽莎纺织集团副总裁兼任欧美区域总裁，主要负责丽莎集团在欧美的服装业务；赵迪晋升为深港纺织公司董事长。赵迪担任董事长后，把公司在服装市场的定位和发展战略重新进行了规划和布局。1998年6月13日，深港纺织公司股票在深圳股票交易所成功上市，赵迪也被选为市政协委员、市服装协会副会长。

2001年10月3日，山东省聊城市市长张波带队赴深圳洽谈深圳、聊城双城合作事宜，赵迪代表深港纺织公司参加。这次深圳和聊城落实合作项目32项，金额12亿元，其中包括在聊城设置"深聊纺织集团有限公司"。山东是产棉大省，聊城又是重点产棉区，原材料资源丰富；深港纺织公司上市后募集了大量资金，赵迪又有国际和国内领先的服装设计经验和销售渠道。双方签订框架协议，深港纺织投资8160万元建设厂房和购置机器设备，占股51%；聊城提供120亩工业用地，作价7840万元，占股49%。赵迪担任深聊纺织集团有限公司董事长（兼任），总经理和副总经理由聊城方面委派，财务总监由深港纺织公司委派，组织架构等到厂房竣工交付使用再行设置。双方对这次合作寄予厚望。

2003年3月6日上午10点，经过一年半的建设，深聊纺织集团有限公司在聊城江北水城工业园举行挂牌仪式。深聊纺织当年实现收入2亿元，实现营业利润2000万元。年底，《鲁西日报》刊登了介绍赵迪先进事迹的文章《从灰姑娘到金凤凰——赵迪》，《深圳特区报》也刊登了文章《从打工妹到董事长的人生之路》，深圳电台在《打工者的天空》节目中也播出了赵迪的先进事迹。面对一系列荣誉，赵迪总是谦虚地说："我只是深圳经济特区农民工中的一员，很多人比我更优秀，为深圳经济做出的贡献更大！"

第五章 情系喀什

2010年,中共中央、国务院正式确定喀什为"经济特区",明确深圳对口援建喀什。2011年,深圳援疆十大重点工程项目开工,成立援疆办,派遣教育、医疗、环保、建筑各个方面的人才支援喀什的发展。经济发展,教育先行,一批又一批的深圳优秀教师到喀什支教,表现出无私的奉献精神。

"东有深圳,西有喀什",人生有梦,援疆无悔;黄沙古道,筑梦先行!喀什的发展离不开国家的支持和喀什人民的艰苦奋斗,喀什已成为丝绸之路上的璀璨明珠。

第五章 情系喀什

星星之火

　　特建集团经过近 20 年的发展，经营范围从建筑、房地产扩展到贸易、工业制造等领域，已经是一个业务多元化的大型集团了。2002 年 8 月，应喀什政府的邀请，特建集团赴新疆喀什进行考察和洽谈业务。喀什位于新疆维吾尔自治区西南部、塔里木盆地西缘，是中国最西部的边陲城市，面积 16.2 万平方公里，人口 30 万。地处亚欧大陆的中心，与塔吉克斯坦、阿富汗、巴基斯坦、吉尔吉斯斯坦四个国家接壤，是古丝绸之路的必经之地。其北有天山南脉横卧，西有帕米尔高原耸立，南部是喀喇昆仑山，东部为塔克拉玛干大沙漠，三面环山，一面敞开，诸山和沙漠环绕的叶尔羌河、喀什噶尔河冲积平原犹如绿色的宝石镶嵌其中。

　　16 日早上 6 点 10 分，杨铁心总裁率领分管贸易和工程口的副总裁及相关人员飞往喀什。经过 6 个小时的飞行到达乌鲁木齐，从乌鲁木齐再飞行2个小时于下午3点20分到达喀什机场。喀什地区招商局局长肖林和规划国土局局长李杨等已经在机场迎候多时，大家乘坐商务大巴直接到达喀什迎宾馆，喀什市委副书记杨文涛和副市长哈里·西木在迎宾馆接待了杨铁心一行。

第二天早上9点，在喀什迎宾馆二楼会议室举行洽谈会，会议由副市长哈里·西木主持。会上，喀什市委副书记杨文涛详细介绍了喀什的自然环境、社会发展状况和发展战略。他说：喀什的发展定位是依托当地资源，鼓励开展商品物流、制造业和口岸经济等产业。他还从宏观上介绍了招商引资的一些优惠政策，对未来喀什的经济布局和设想进行了展望。喀什地区招商局局长肖林一一介绍了喀什招商引资目录中所列示的36个项目，其中有基建项目、产品制造、贸易物流、科技园区开发等。其他几位政府部门领导就各自分管领域的政策进行了宣讲。杨铁心总裁则详细介绍了深圳经济特区改革开放以来取得的成果，重点对特建集团公司的经营范围和实力进行了介绍。

最后讨论的是本次合作项目"深喀产业园"，大概意向是深圳作为甲方出建设资金，占股权51%，甲方签约单位是深圳特建集团；喀什作为乙方以土地作为投资,占股权49%,乙方签约单位是喀什开发区管理委员会。项目总投资8亿元,经营范围主要是皮制品生产、加工、销售等。实际上是利用喀什当地的优质资源如牛皮、羊皮等原料和当地的劳动力制造皮制品,深圳派出技术人员进行设计。产品有各类皮包、旅行箱、皮鞋、皮衣等,高、中、低各个档次都有,销售渠道以内销为主,部分产品选择出口,出口产品以欧美市场为主。关于产业园的选址问题,大家进行了充分讨论和交流,因为涉及皮制品造成的污染和环境保护问题,初步选定距市区20公里以外的塔里叶村。选在这里建园的优点是:这个自然村有500户人家,容易招工;位置较好,地势稍高,排污好处理;距边境也近,产品便于出口和贸易往来。

散会时已经是11点了,在喀什开发区管委会主任王兵的陪同下杨铁心一行驱车前往塔里叶村察看建园地址。刚出市区时路是柏油马路,两旁是挺拔的白杨树,行驶了一会儿就变成了土路,虽然车有些颠簸,但路面很宽,视野广阔。塔里叶村位于喀什西北20公里的一片绿洲上,隔窗望去,田野里村民在收割庄稼,远处的山坡上有老人和孩子在放牧,成群的牛羊像绿色海洋里的白帆,村子里炊烟袅袅,稀稀落落的民宅大部分是红砖蓝瓦建成,也有一部分土坯建成的平房,四通八达的街道都是黄土路,整个村庄被挺拔的白杨树围绕着。到达以后,管委会主任向村长说明来意,村长一听说深圳经济特区要在这里办企业,带动经济发展,非常热情。村长带着杨铁心和管委会主任一行在村里村外一一进行了详细察看。总的来看位置还是不错,就是顾虑气候的问题:全年有10个月天气都在11℃左右,但最寒冷的1月份有时候会零下20℃左右,而且风大雪多;再一个难点就是运输条件不太理想:无论到喀什还是通向口岸,道路极其不平,到处坑坑洼洼,甚至有的路段还是沙丘地带。

考察完毕快上车的时候,在村北的胡同口一户人家映入了杨铁心的眼帘:一座用土坯建成的平房,坐北朝南,可能年久失修,屋檐开了不少豁口,里面的檩条糟了不少。泥巴做的院墙只有一米多高,越过低矮的院墙,院子里的情况看得很清楚:堂屋门口坐着一个老头在晒太阳,一个中年妇女系着蓝布围裙正在给院里一群山羊喂草,靠近堂屋门口的地方一个男孩坐在土坯上,书本放在一张破旧的凳子上好像在做功课。杨铁心停住了脚步,询问站在旁边的村长:"村长,这户人家的条件好像不太好啊,看起来家境很差。"村长介绍说:这是一户六口之家,做功课的男孩叫李楠,他的父亲叫李云鹏,母亲叫杨颖,还有爷爷奶奶和一个妹妹。他们家主要是靠饲养山羊为生,前年冬天,天寒地冻,大风暴雪,他家的羊圈被风吹散了,130只山羊几乎全部冻死,把整个家庭经济来源全部毁掉了。李云鹏急火攻心,得了脑溢血,本来买了2万元的材料准备建新房,为了治病又把材料卖了,还到处借钱治病,但病情丝毫没有好转,最后成了植物人,都2年了。儿子李楠今年考上了大学,女儿又考上了高中,都需要学费,生活很困难,是村里有名的困难户。尽管每年村里都照顾一些,毕竟是有限的。杨铁心听了以后,站在了这家门口,对村长说他要看望一下李云鹏。村长是个年轻人,叫杨明,这个村庄大部分人家都姓杨。

杨明带着杨铁心等人来到李云鹏家门口,叫着"杨姐,开门"。母亲杨颖急忙打开了用树藤和铁丝编制而成的约一米高的简易"大门"。"杨姐,这是深圳来的杨总,这是咱们开发区主任王兵,李云鹏大哥身体不好,大家来探望李大哥。"

杨颖一脸茫然,她看上去40多岁,岁月用皱纹、色斑在她黝黑的脸上刻上了不少印记,她的头发几乎都白了,那无望的眼神有些麻木了,似乎已经对一切失去了期待和勇气。她用身上的围裙擦了擦手上喂羊沾上的草渣,低声说道:"谢谢领导的关心。"这时,晒太阳的老人和正在看书的男孩也站起来了。杨铁心进门后,四处打量着,院内墙根下面堆积着废纸皮、汽水瓶子、废弃的塑料纸、破铜烂铁等。杨铁心问刚站起来的男孩:

"小伙子,院里为啥放这么多废品啊?"

这个小伙子就是杨颖的儿子李楠,他有些腼腆,很难为情地说:"我考上了天津医科大学,9月1日就要开学了,我捡这些废品卖掉想买火车票,还要交学费,我不想给俺娘增加负担了!"

杨铁心:"火车票多少钱?学费多少钱?"

李楠:"火车票230元,学费每年3600元,还要加上生活费。我不想增加家庭负担了,所以打算寒暑假期都去打工挣钱。"

杨铁心:"你从哪儿捡的废品啊?"

李楠:"我每天骑单车到喀什市区去捡,晚上回来归类、整理、打包,第二天去喀什的时候到废品收购站卖掉。"

杨铁心:"卖废品每天能挣多少钱?"

李楠:"一个矿泉水瓶子3分钱,一个易拉罐瓶子8分钱,一斤纸皮3角2分,一斤废塑料纸5角6分。少的时候挣10多块钱，多的时候20块钱也有。"

杨铁心随手从凳子上拿起李楠看的书，是一本《西医基础知识入门》，还有一本《中国医学发展简史》，旁边还有一本笔记本。杨铁心问道："你为何选择学医？"

"原来我没有打算学医，打算考师范学院当老师，自从前年俺爹得了脑溢血以后，为了给他治病，已经花了好几万了，整个家庭几乎耗尽家财，但也一直没有好转。俺娘一个人要赡养爷爷奶奶，要供养我和妹妹上学，她一个女人家哪有那么大能力啊，饲养一些羊卖点钱，土地大部分是沙土地，连吃饭糊口都是问题。自从俺爹病了以后，这两年俺娘为了这个家没白天没黑夜地操劳，才两年时间头发都快白完了，她吃得越来越少了，变得又黑又瘦，我担心真的有一天她也垮了，那整个家庭的天都塌了，整个家庭能否生存下去都是问题！所以，我立志要考上大学，立志学医，拯救俺爹，服务社会！今年，我妹妹好不容易考上喀什一中了，为了成全我，决定放弃不上学了，帮助俺娘劳动、放羊、放牛，养活这个家，帮我挣学费，我想她才16岁，咋忍心牺牲她啊！"李楠几度哽咽，说完已经是泪流满面了。

杨铁心听了李楠的肺腑之言，用手扶住他的肩膀，鼓励说:"小伙子,不要灰心,没有过不去的坎儿,我们都会帮助你们,社会也会帮助你们,请放心!我一定不会让你妹妹失学!听了你的梦想和抱负,我断定你未来一定是个人才,并且是一个很有作为的人才,你对生活的感受,经历的磨难,会变成你以后发展的动力,我相信你一定会成功!"听了杨铁心语重心长的关心和鼓励,李楠的情绪好了许多。

在杨颖的引导下,杨铁心来到房间看望病人李云鹏。李云鹏躺在堂屋东头的炕上,蓬乱的头发遮住了他的眉头和耳朵,杨颖走上前给李云鹏用手拢了拢头发,说道:"云鹏,政府和深圳的领导看望你来了,你要清醒的话就点点头好吗?"

杨铁心看到李云鹏静静地躺在床上,骨瘦如柴,脸色微黄,面无表情,太阳隔着窗户照射进来,他的眼神痴呆无光,只偶尔动一下,一根胶管直接插入食道,外面露出喇叭口状的胶嘴。他对妻子和大家说的话毫无反应,只是在眼角流出了一滴眼泪,也许那是对大家的一个回答吧。

杨铁心向杨颖问道:"你丈夫病多久了?怎样维持生命?"

杨颖:"两年前的冬天,一夜之间暴风雪把我家的

130只羊冻死。那晚母羊生了6只羊羔，只活了一只，其余都被冻死了！他当时急火攻心，头疼欲裂，手脚冰冷麻木。村里的医生用了放血的疗法，但没什么效果。等120救护车送到医院，马上进行了开颅手术。一开始人稍微有些意识，也能动弹，为了不连累大家，他几次要自杀。后来他的情况越来越严重了，连自杀的意识和力气都没有了。一开始每天给他输葡萄糖和营养药，后来也不起作用，再说家里到处借钱欠债，也买不起药了，只好让医生在他脖子上割开一个口子，在食道插入一根塑料管子，每天喂他一些米糊之类的东西，延续他的生命，我们竭尽所能，只能做到这些了，也不能眼睁睁看着他死啊！"说着杨颖的眼泪就流了下来。此情此景，大家的眼睛都湿润了。

告别时，杨铁心从口袋里掏出5000块钱，交到杨颖手里，动情地说："杨颖同志，这是我给你家两个孩子的学费，请你务必收下，尤其是女儿一定要继续让她上学，不要失学，现在男女都一样，只要能考上，一定供养孩子上学，再说她年龄还小，过早的繁重体力劳动对于她的身体发育也不好，千万让孩子们好好发展，回去以后我会再寄钱给你们。至于云鹏看病的事要从长计议。"

杨颖:"不行,我们不能平白无故要你们的钱,我们以后也不一定有能力还上,欠你们钱我们会睡不着觉!再说深圳那么远,我连火车都没见过,到哪儿找你们还钱啊!"杨铁心听到她40多岁了连火车都没见过,心里更难受了。他急中生智,把村长叫到一边,请他配合说服杨颖,当地的干部应该很有说服力。

杨铁心又说:"杨颖同志,我这次来喀什就是想办企业,以后咱们就是一家人了,虽然相隔千山万水,但交通都很方便。我给你讲一下我们的扶贫和支教政策:目前我们深圳经济特区意向对口帮扶的地区是贵州和喀什,每年都要捐款帮助贫困地区建学校,让孩子们都能上学;帮助建医院,让大家都能有条件看病;同时我们每年要派出一定数量的老师到贵州和咱们喀什教书,派出一定数量的医生给大家看病,这是党的号召,也是政府的政策。我今天给你的这些钱是捐款,不用还我了,你安心用就行了。我们深圳有个规定,每一名处级以上干部,原则上要一对一帮扶一个失学儿童,越多越好,刚好这次到你家遇到这样的情况,我有责任和义务帮助你们,这也是我的政治任务,我是一名党员干部,要起带头作用,你要收下也算帮我的忙了,算我完成帮扶任务了。但是,我帮助你们不限于这次,我要负责到两个

第五章 情系喀什

孩子大学毕业,请你理解!"

杨铁心当着那么多人这样地"表白",让杨颖感动得痛哭流涕,不知道如何回答。在场的人都不约而同地或多或少捐出来一些钱给这个家庭。推辞再三,杨颖满含眼泪收下了大家的爱心捐款。村长说,杨总说的都是党的政策,捐款是自愿行为,放心地收下这些捐款吧。杨颖听村长这样说,心里才踏实了一些。

············

十年后,杨铁心到喀什看望支教的女儿秋婷,李楠和妹妹来宾馆看望他。李楠有点消瘦,戴着褐色近视眼镜,皮肤比原来白多了。当年的小妹妹也已经长大,穿着粉红色的羽绒服,白皙的瓜子脸,大大的眼睛,留着披肩的长发,显得秀气文雅。李楠2002年考上天津医科大学,一直读到研究生,2008年毕业后回到喀什在人民医院工作,现在是内科副主任。而妹妹2005年考上师范学院,2009年毕业后一直在喀什小学当教师。李楠说,他爸爸去世好几年了,爷爷奶奶住在家乡的养老院,他和母亲都搬到喀什城里居住了,有一套三房两厅的住宅。他结婚了,还有了儿子。妹妹去年也结婚了,生活得不错。杨铁心听后由衷地高兴。李楠向杨铁心要账号,打算把这些年的学费还给杨铁心。杨铁心说:"孩子，我当初帮助你们，就是想看到你们考上大学成为对国家有用的人才。我很自豪，很有成就感！钱很好，但是每个人对它的理解不同。在我看来，钱生不带来、死不带去，如果能够帮助更多的人过上幸福生活那才有意义！如果你们富裕了，有能力了，就去帮助更困难的人吧！"

支教之花

2010年5月，中央新疆工作会议上正式批准喀什设立经济特区，明确了"深圳作为喀什的对口援建城市"。

根据喀什的地理位置和资源、历史等因素，国家对喀什的定位、产业布局、扶持政策等相关问题进行了明确：把喀什市重点建设成区域性"商贸物流区、金融贸易区和资源转化加工区"。吸引国内外资金、信息和人流，形成快速流动、交换与循环。少占建设用地，少消耗能源，以减少对环境破坏的方式实现喀什的崛起。实际上是鼓励少占用资源依靠信息和流动性形成的"流动经济"促进喀什的腾飞和发展。2011年6月，由深圳市市长率领的深圳市政府代表团奔赴喀什，加快推进对口支援工作，深圳援建喀什十大重点项目开工，总计划投资295亿元。

深圳派出的援建队伍里有行政挂职干部、科技人员、医务人员和教师等。大家背起行囊，西出阳关，奔赴喀什。第一批为期两年。

特建集团总裁杨铁心的女儿杨秋婷，是深北中学的一名优秀教师，她主动申请到喀什支教。一行38人的深圳援疆队伍，经过6个小时的长途飞行于8月26日下午1点到达喀什机场。喀什市政府对深圳援建队伍非常重视，副市长和接待办的同志在机场出站口等候，深圳带队的也是副市长。双方简单介绍后乘坐大巴车向喀什市政府大楼驶去。2点30分到达喀什市政府大楼会议厅。在那里，喀什市政府举行了欢迎仪式。

杨秋婷作为38名援建人员代表发言，她说：感谢政府和各级领导的信任，我一定把自己的聪明才智贡献给喀什，一定不辜负党和人民的重托，保证完成各项任务！

欢迎仪式结束后，喀什有关单位按照事先分配的人员名单把援建人员接回。

杨秋婷被面包车接到了喀什小学，副校长颜萍带着她在学校看了一圈：喀什小学是2009年才投入使用的，坐北朝南，正中是主楼，高6层，东西两旁副楼各5层，有36个教室，能容纳1600多名学生，从一年级到初中共32个班。建有两栋公寓式职工宿舍楼，每栋高12层，三个电梯口。整个学校占地30亩，所有的建筑物都是橙色的，象征着蓬勃生机和活力，是喀什有名的好学校。

为了迎接9月1日开学，8月28日上午，校长组织年级长以上人员开了一个简短的工作会议，对开学的各项工作进行了部署，对于个别领导和老师的工作岗位、职责进行适当调整和明确。杨秋婷在会上做了自我介绍，她2009年毕业于南京师范学院，中文教育专业，研究生，深北中学优秀教师。为了搞好教学工作，学校根据杨秋婷的学历和阅历及各个方面的表现，让她挂职学校教务处副主任兼教研组副组长，主要是沟通、交流、研究、总结深喀两地的教学模式，以提高教学质量。为了深入一线掌握第一手资料，也为了把深圳好的做法带到喀什，同时把喀什的优点传递到深圳，在会上，杨秋婷提出担任班主任职务的申请，校长表示同意。

9月1日早上9点，在学校操场上举行升旗仪式，伴随着雄壮的《义勇军进行曲》，国旗冉冉升起，那一刻，全体师生热血沸腾。杨秋婷看着朝气蓬勃的学生，好像又回到以前的学生年代，又回到刚刚离开的深圳校园。她激动得热泪盈眶。

除了担任行政职务以外，杨秋婷还担任小学三年级一班班主任职务。升旗仪式结束后，颜萍带着杨秋婷到校领导和有关老师办公室相互认识了一下，然后杨秋婷回到自己单独的办公室。她的办公室是主楼的三楼303室，挂着"教务处副主任室"和"教研组副组长室"两块牌子，不算大，只有15平方米，坐西向东，从办公桌到凳子、茶几等都是清一色的枣红色，黑皮中班椅子后面是一排书柜，整个房间简单明亮。在北方，人们多选择深色家具，在寒冷季节会给人温暖的感觉。

下午3点，她来到小学三年级一班教室，一进门，全体学生起立叫："老师好！"她随口答道："同学们好！请坐。"她接着说："为了熟悉每位同学，这一周我每次上课的时候会点名，主要目的是熟悉每一位同学。"这个班46名学生，30名男生，16名女生，少数民族学生占50%左右。她首先做了自我介绍，然后就按照学校的规章制度和纪律提出了一些要求和注意事项。接着她开始点名，把新书发到每个同学手上。同学们拿到新书都很开心。她为了进一步熟悉孩子的爱好和兴趣，第一节课就布置了一篇作文，题目就叫"我的梦想"，要求45分钟完成，字数不限。她担心有的学生不理解又解释了一下：梦想也可以简单地理解为你长大以后想做什么。

晚上，她一个人回到宿舍，熟悉了一下房间的环境，简单地泡了一包方便面，就开始批改学生的作文——

《我的梦想》。同学们的梦想太丰富了：有的学生想当科学家，有的想当文学家，有的想当医生，有的想当老师，有的想当电影明星，有的想当企业家，有的想当工程师，有的想当军人，有的想当警察。甚至还有的学生想当齐天大圣、蝙蝠侠……这些同学明显是动画片看多了。有一篇作文她单独拿出来看了好几遍，看后陷入了沉思中。

我的梦想——找到我妈妈

今天开始我上三年级了，当我领到新课本的时候，我由衷地高兴！当老师把作文题目写在黑板上的时候，我感觉要写的东西很多，想来想去，我的梦想是：找到我妈妈！

在我三岁那年我的妈妈就不见了。我朦朦胧胧地记得，我的妈妈是个警察，很威武，也很漂亮。一年，两年，三年……盼了一年又一年，我始终没见到我的妈妈，每次我问："爸爸，我妈妈到哪里去了？咋还不回来？"爸爸告诉我："孩子，妈妈出差了，要很久才能回来。"我天天等，夜夜盼，一直到现在也没看到我妈妈。

平 凡

每当我夜里醒来，想抱抱妈妈的时候，都是眼泪打湿了枕巾；每当我的同学从书包里拿出香喷喷、热乎乎的东西吃的时候，我只能眼巴巴地看着，因为我的书包里只有课本；每当我看到同学的妈妈用温暖的手捧着孩子的脸蛋亲吻的时候，我只能搓着被冻得又红又肿的手，等着我爸爸或别人来接我……我好想找到我妈妈。

妈妈！妈妈！妈妈！……您听到我叫您了吗？我的妈妈，我好想您！

三年级一班　高晓燕

作文本上斑斑驳驳到处是眼泪打湿过的痕迹。杨秋婷看了好几遍，这篇揪心的作文令她难以入眠。凌晨2点，她披衣起床，开灯伏案，按照花名册制订了一个"家访计划"，决定利用晚上或周末的时间，对她所带班级的学生逐一进行家访，目的是熟悉学生的家庭情况，因为孩子的第一个老师就是家长，孩子的品德和学习成绩与家长息息相关，老师的学校教育固然重要，但家长的家庭教育也很重要；同时她也想看看同学们业余时间在干什么，多征求家长和同学的意见，对于提高教学质量肯定会起到促进作用。第二天早上到学校后，她把这个想法向校长进行了汇报，校长很支持。

晚上吃过晚饭，她拨通了高晓燕家的电话，接电话的是个嗓音低沉的男人，自称是晓燕的爸爸。通过电话，晚上8点，她向晓燕同学家走去。晓燕家在学校西边的一个普通住宅小区，离学校不到一公里，走路10分钟左右。晓燕的家是一栋高层住宅，一共19层，看样子刚建好不久。她轻轻按了一下1102房间的门铃，开门的是一个身材高大魁梧的男人，浓眉大眼，留着平头，黝黑的国字脸，一口标准的普通话，偶尔带些东北口音。杨秋婷说明来意，男人把她让进屋子，自我介绍说是晓燕的父亲，叫高磊，在公安局刑警队工作。晓燕一看到老师来了，赶忙躲到卧室里面去了。杨秋婷一边听高磊介绍，一边打量着房间：这是一套两房一厅的房子，大概70多平方米。一进大门是客厅，右边是两个对门的卧室，左边是厨房和卫生间。客厅里摆放着一套原木色木制家具，一台电视机放在组合柜上，组合柜旁边是不大的电冰箱。阳台上有几盆花，快干死了。窗帘上方挂着一些蜘蛛网和灰条子。

杨秋婷收回目光，把这次家访的目的详细地向高磊

平 凡

说了一遍。杨秋婷不了解晓燕妈妈的情况,又不便于多问,就把晓燕昨天写的作文从挎包里拿出来递给高磊,问道:

"高先生,这是咋回事?"

高磊看着女儿的作文题目《我的梦想——找到我妈妈》,眼神瞬间暗淡下来,说:"杨老师,我以后方便的时候再告诉您吧!"

杨秋婷没有再问下去,换了话题:"高先生,那我们谈谈晓燕以往的学习情况,看看能为她做点什么。"

高磊沉默片刻,充满自责地说:"孩子3岁开始上幼儿园,是由奶奶接送的,她上一年级的时候,奶奶回建设兵团去了,我就请了一个钟点工陈阿姨,每天2个小时,主要是接送孩子,帮做晚饭。我经常要外出执行任务,有时我出差几天,陈阿姨就将她带回家。但陈阿姨也只能在生活上照顾她,学习上没能力辅导她,我更是管不上。这两年,她话越来越少,成绩也下滑很多,主要责任在我,我没尽到一个做父亲的责任!"

杨秋婷听他说完这些话以后,说道:"高先生,孩子的作文字里行间流露出的情绪是想念妈妈,妈妈不在给孩子的刺激太大了。因为看不到妈妈,没有享受到母爱,她才情绪失落,这也许是她学习不好的主要原因。

针对孩子的学习我有一个不成熟的想法，想同你探讨一下。放学后，我来辅导晓燕功课，如果你出差或晚上有应酬，就让她住在我那里。我住在学校宿舍，离你家也很近。另外，爱妈妈是孩子的天性，我毕竟是女性，我想和她相处一段时间，观察她一个时期，看看怎样纾解她对妈妈的思念和牵挂，怎样引导她从悲伤情绪中走出来。"

高磊听后内心很感动，说："谢谢杨老师，您比我想得周全，您看补课费咋算？我按时给您。"

"你要是这样说，我就不辅导你的孩子了，我不需要任何报酬，我是班主任，我有责任和义务带好学生，不想有一个掉队。"

晓燕和杨老师才刚认识，认生的她一直躲在房间。高磊把她叫出来，把和老师达成的约定给她说了一遍，晓燕怯生生地答道："嗯！"

此时，天色已晚，杨秋婷和高磊互相留了联系电话。高磊怕路上出意外，执意把杨秋婷送回了学校宿舍。

按照计划，杨秋婷每天放学后都把晓燕留下来，几个月后，晓燕学习成绩进步非常大，性格也开朗了很多。高磊这几个月断断续续出差过几次，高磊出差的时候晓燕就住在杨秋婷宿舍，逐渐地，她把杨秋婷当成了依靠。

2012年1月15日，喀什地区公安系统举行年度总结表彰大会，邀请家属参加，在高磊和晓燕的再三邀请下，杨秋婷参加了这次大会。她也想借此机会多了解这里的一切，尽快融入——教书育人的目的是使学生更好地走向社会，作为教育工作者一定要紧跟时代的步伐，不与社会脱节。表彰会于上午9点在公安局礼堂举行，参加人员有500多人，整个礼堂基本坐满了。会上表彰了"十佳优秀警官"，对每个优秀警官获奖理由都逐一进行了宣讲。高磊也在"十佳优秀警官"之列，他获奖的理由是：高磊身为刑警队长，在5·30抓捕行动中，不顾个人生死，面对残忍的恐怖分子，主动替换人质，身受重伤。此次行动当场击毙恐怖分子2人，缴获各种武器和物品折合人民币800多万元，解救人质17人。宣讲完高磊的事迹，全场响起雷鸣般的掌声。高磊上台双手接过局长颁发的荣誉证书，庄重地向大家敬礼。那一刻，杨秋婷和高晓燕都感到很光彩，以他为荣！颁奖后是文艺汇演。首先是全场起立合唱国歌《义勇军进行曲》，这首雄壮、激进的歌曲，激励了一代又一代中国人，杨秋婷每次唱这首歌曲的时候都感到热血沸腾。接着是舞蹈、小品等表演，都是公安系统自编自演的节目，内容很丰富。

中午 12 点会议结束，大家陆续离开礼堂。忽然，有人在喊："高队，高队！"高磊循声望去，是科技园派出所所长江浩在喊他。江浩原来是刑警队的一名干警，去年竞聘上岗任职所长，新疆人，中等身材，很机灵，两人是多年的好友了。江浩的妻子和儿子也在。

"这位是新任嫂夫人吧？"江浩话一出口，高磊马上瞪了他一眼：

"不能乱讲啊，这是晓燕的班主任老师杨秋婷。"

秋婷微笑道："我和高先生只是朋友。"

江浩促狭地说道："我看你们称呼该改一改了，高队，你以后称呼老师为秋婷，杨老师你以后称呼高队为高磊，晓燕叫燕子。这样多顺口！一个称呼能把人的距离拉得很近，也能推出去好远，高队既然能带杨老师来，证明你们不是一般的关系，这是家属才有资格参加的会议啊！"

高磊和秋婷的脸唰的一下红了起来。高磊微笑附和道："好的，听老弟你的，以后我们就改称呼了。"

1 月中旬，是喀什一年中最冷的时候，三个人都穿着大衣，秋婷紧紧地牵着晓燕的手，晓燕的围巾有些松了，秋婷细心地给她重新整理系紧了一些。忽然，晓燕说:"爸爸,我想去儿童公园玩,好久没去了!"高磊看了看手表,12点多了,就说吃了饭再去吧。

三个人就到一家火锅店去吃羊肉火锅。高磊说:"秋婷,这里条件有限,没有你们深圳的生猛海鲜,只能请你吃些家常便饭了。"他也不知道哪来的勇气,真的开始改称呼"秋婷"了。

秋婷回答道:"一方水土养一方人,我在这里吃羊肉火锅感到很温馨、很香。天气寒冷,吃羊肉御寒,我认为自然环境和食物都是相配的。"

吃完饭以后,三人一起来到儿童公园。再过一周就是春节了,孩子们已经放寒假一周了,有些单位也已经放假了,很多家长带着孩子来玩儿,公园里熙熙攘攘的。公园里到处是挺拔秀气的白杨树,树叶早已脱落,但仍然不畏严寒地挺立在晴空下,让人油然生出一种奋发向上的感觉。

公园里有很多儿童玩的游乐设施:摩天轮、过山车、滑冰场、海盗船、小火车、木马阵、塑料射击场、滑滑梯等。晓燕看到过山车正在往返穿梭,觉得很刺激,她拉着爸爸和秋婷的手说:

"爸爸,我想坐过山车。"

高磊说:"那个太危险,再说大冷天的那上面还有冰碴子呢！"

"不怕，都中午了，冰碴子早就融化了，你看很多人在乘坐啊！"晓燕执意要坐。

秋婷对高磊说："孩子难得出来一次，就满足她的愿望吧！"

于是，三个人按照规定坐上过山车。一个座舱里，三个座位纵向紧挨着，晓燕在最前面，秋婷居中，高磊在最后。三人系好安全带，秋婷搂着晓燕，等待出发。"咯咚、咯咚、呜——"过山车由慢到快飞转起来，一会慢慢爬行，一会又360°飞转到顶端，转得人有些眩晕，有人发出歇斯底里的尖叫声。秋婷紧紧地搂住晓燕，生怕她被惯性甩出去了，高磊也紧紧地抱住秋婷丝毫没有松手。秋婷第一次被男人这样拥抱，而且被抱得那么紧，那么有力，好像害怕失去她似的！过山车穿越三圈，"咔嚓"一下慢慢停住了，终点到了。他们接着又玩了几个项目才离开。

在回来的路上，高磊一边开车一边对秋婷说："今天是几年以来燕子最开心的一天！"晓燕高兴地说道："是的，都是杨老师带给我的欢乐！"秋婷抚摸了一下晓燕的头发，微笑了一下。

高磊把秋婷送到宿舍楼下，秋婷说她房间的暖气和水管都出问题了，高磊听后，带着晓燕一起上楼查看。经过检查发现是暖气片的接口处有些堵塞了，有两片根本没有热气，厨房洗菜池下水的地方也漏水，需要换个胶垫。秋婷家里没工具也没更换的材料，高磊开车出去买。秋婷让晓燕看书，自己开始打扫卫生。高磊买了工具和材料回来，把暖气片和水管都修好了。

把一切都收拾好，高磊准备带晓燕回去，这时晓燕非要住在秋婷这儿。高磊说："老师还有很多事情做，她太累了，也需要休息。"晓燕这才依依不舍地告别秋婷和爸爸回家了。

2月16日晚上，秋婷打电话给爸爸和妈妈，她说决定不回深圳过年了，因为她主编的《小学教案》已经组稿完毕，需要她最后统稿，有几个章节还需要她执笔完成，时间很紧。她基本每周都和爸妈通电话，还经常视频通话，爸妈身体一直很好，她并不十分牵挂。在喀什一年多了，这里的同事和朋友和她相处得很好，如果知道她不回深圳，很多人会约她外出活动，所以她没有透露给大家在哪过春节，难得可以过一个清静春节，她喜欢岁月静好！高磊则带着女儿回石河子建设兵团看望父母去了，秋婷的心突然有一种空荡荡的感觉。

2012年4月4日，清明节。一大早就下起纷纷扰扰

第五章 情系喀什

的细雨，正如古人说的"清明时节雨纷纷，路上行人欲断魂"。高磊驾驶着轿车带着秋婷和晓燕，迎着初春的阴冷与寂寞，向位于人民广场附近的喀什央布拉克公墓驶去。到了以后，高磊从车的后尾箱中拿出一束鲜花和一些祭拜用品，对秋婷说："很冒昧今天这种场合请你来，晓燕也是第一次来。"

秋婷拉着晓燕的手跟着高磊来到一座黑色墓碑前，碑面上镌刻着"母亲许玲君之墓／女儿高晓燕敬立／公元2006年5月6日"，字的上方是一个精致的水晶相框，里面放着一张6寸左右的黑白照片，照片中的她穿着一身警官制服，头顶国徽，肩扛盾牌，利落的短发英姿飒爽，清新靓丽的面容含着微笑。高磊收拾了一下墓碑前的杂草和树枝树叶，把鲜花和祭拜品摆好，对晓燕说："燕子，这就是你妈妈！"

晓燕一看到石碑上的照片，小时候的朦胧记忆涌进脑海，她一下扑向妈妈的相片，哇哇大哭："妈妈！妈妈！妈妈！我要妈妈！……"高磊和秋婷都忍不住流下了眼泪。秋婷上前拉住了她，一把把她搂在怀里。经过再三安慰，她的情绪才稍微好了一点。

高磊告诉秋婷，晓燕的妈妈是被恐怖分子打死的。他和晓燕的妈妈是警察学校的同学，毕业后他分配到刑警队,她分配到户籍科,有一次高磊抓捕了一个恐怖分子的小头目,结果晚上恐怖分子就打电话恐吓高磊,要求放人,高磊霸气回应不可能!恐怖分子在晓燕的妈妈上班途中开枪打伤了她,送到医院没多久就去世了,当时晓燕才3岁。为了不给女儿造成太大的伤害,就说妈妈出差了,一直瞒着她。这次告诉晓燕事情的真相,一是因为晓燕慢慢长大了,二是晓燕和秋婷相处融洽,有秋婷在可以随时安抚晓燕。另外他也想让秋婷彻底了解自己,了解这个家庭。

秋婷听后也很感慨,问他:"你为啥没有再找一个爱人?找一个爱人对你和孩子都好啊!"

"我不想再婚了,我不想让老婆整天为我担心害怕,我不想再给家人增加不幸了,所以,我宁愿一个人默默地承受这一切,可就是委屈了孩子。做我的妻子不容易,我随时可能牺牲,妻子也可能因为我而随时遭遇不测。所以尽管很多人给我介绍对象,也有单位的同事主动向我示爱的,我都婉言谢绝了,我从来没有再婚的想法。"秋婷听了高磊说的话,感觉脑子里一片空白。去墓地回来才10点,高磊把秋婷和晓燕送到学校。

6月21日早上,高磊接到秋婷发来的微信:"速来人民医院!"高磊急忙放下手头的工作驱车前往医院。

是秋婷病了还是女儿病了？一路上他忐忑不安，到了以后才知道秋婷得了急性阑尾炎，副校长颜萍和一个老师在帮她办理住院手续。秋婷右腹疼痛难忍，她一看到急匆匆赶来的高磊，无助的心似乎得到了支撑。阑尾炎的手术虽然是个小手术，但任何手术都有风险，手术前要在亲属栏签字认可，高磊毫不犹豫地签下了自己的名字，那签名意味着是一种责任和担当！秋婷也默认了。秋婷脸色苍白，高磊看着护士把她缓缓推进了手术室，揪心般难受。他想起6年前，也是这样目送妻子进了手术室，却成了永别。

手术室门外，副校长颜萍和高磊聊起来学校的一些事情。高磊得知：秋婷支教工作很出色，她带的班学习成绩明显提高很多，对于学校的建设也提了很多建议，大部分被采纳，有些教育提案在市里的政协会议上也得到了支持。高磊担心他和秋婷的关系被大家误解，就把秋婷对晓燕的辅导、关心以及自己的家庭情况一一向颜萍副校长进行了说明。颜萍说：你反映的情况有不少家长反映过，她为了学生们的成长，利用业余时间主动走家串户，亲自上门辅导过好多孩子，确实把喀什当成自己的家，她刚到喀什那天是我把她接到学校的，那时候她长发披肩，两只眼睛睁得大大的，脸上经常露出甜美的笑容。从去年8月到现在，她来喀什10个月了，强烈的紫外线晒黑了她的皮肤，艰苦的生活条件使她消瘦了很多，这样下去不知道她能坚持多久。她为了节省时间，经常就吃一包方便面，哪来的营养啊！高磊听后感到万分愧疚，他只想到女儿学习进步了，情绪好了，自己工作安心了，没有想过这样的结果是秋婷默默无私付出换来的。

　　为了照顾秋婷，高磊特地申请三天公休假，又给秋婷买了不少日用品、营养品，抽空又把秋婷的宿舍收拾了一番。别看他是一个高大粗犷的男人，有的时候心还是挺细致的。在病床上秋婷也没有闲着，第一天她行动不方便，高磊给她打饭、洗衣服，陪她聊天。通过和高磊进一步的交流，秋婷得知：高磊的爸爸在建设兵团当兵，后来当了排长，妈妈是上海知青，1966年来到新疆支边，认识了他的爸爸，1968年两人结婚了。在20世纪60年代，新疆生活艰苦，知青们远离家乡一个人生活举步维艰，两个人抱团取暖相对好很多。同甘共苦、患难与共、生死相依凝结的夫妻感情是最紧密的，也经得起任何考验！秋婷听了高磊讲的故事，深受感动，她深情地凝视着高磊。高磊忘情地拉过她的手，紧紧地护在手心里，她羞涩地笑着，没有回避。

第五章　情系喀什

　　秋婷以老师的身份接管了晓燕，承担了半个妈妈的责任，但她一开始对高磊并没什么感觉。自从在游乐场坐过山车时高磊紧紧抱住她那一刻起，这半年来，每次高磊执行任务把晓燕交给她的时候，她都有种生离死别的感觉，而且这种感觉一直萦绕在她的脑海。难道说真的爱上了这个男人？她隐约感到爱情已经悄悄来到她的身边。可一想到高磊说他不想再婚了，年龄比自己大5岁，又带着孩子，父母是否会同意？会不会有些流言蜚语？想到这些秋婷心里又凉了很多。

　　手术第二天，秋婷让值班老师把日常教学用的东西拿来，她在病床上继续整理教案。秋婷手术住院的消息在学校很快传开了，6月23日是周末，很多家长带着孩子来医院看望秋婷，有些家长看到她又黑又瘦，心疼得掉下了眼泪。这几天高磊一直守候在她身边，帮她打饭和招呼客人。校长和其他同事也来看望她了，安慰她好好保养身体。她任教将近一年的时间，得到那么多人的关怀和爱戴是她最大的收获，这是她最欣慰的，尤其是看到学生的进步和成长，她感到由衷高兴！这一切都被高磊看在眼里，她的品德和所做的一切深深地感动了他，他很后悔自己曾经对她说过不会再婚的话，他的心里，对秋婷的爱慕的种子逐渐发芽了。

2012年11月，特建集团总裁杨铁心第二次来到新疆喀什，这次他有两项任务：一个是参加"喀深科技产业园"落成典礼仪式；再一个就是看望女儿秋婷。21日上午，他参加了项目开工典礼后，下午又考察了喀什建工集团和农贸集团，考察结束后，他没有观看晚上的文艺演出，而是利用这个时间去看望女儿秋婷。

　　喀什的11月，已经有了冬的样子，黄色的落叶散落一地，随风飞舞，挺拔的白杨树仍然如绿叶满枝般挺立着。街上的行人有些已经穿上了五颜六色的羽绒服或高领毛衣，骑单车或骑摩托车的人已经戴上了手套。喀什小学门口有很多家长在接孩子放学回家。

　　杨铁心站在学校大门口左侧的角落里，目送一个个学生陆续回家了，最后只剩下稀稀落落的几个人了，这时秋婷才带着两个孩子走出来。她左手拉着一个男孩，右手拉着一个女孩，孩子大概七八岁吧。秋婷穿着一件灰色高领毛衣，外套一件大方格的风衣，头发用一个粉红色的发卡拢着，原本白皙的脸颊由于风吹日晒已经变成红扑扑的颜色了。"婷婷！"杨秋婷顺着熟悉的声音望去，看到父亲穿着一件黑色羽绒服，手拎一个黑色提包站在学校大门口的左边在等她，她跑过去抱住了父亲，惊喜道："爸爸！您咋来了，也不提前告诉我！"

第五章　情系喀什

自从去年8月份来到喀什以后，她一直没有回过深圳。也许是一年多没有见到爸爸了，她看到爸爸满头白发、满脸沧桑的样子，感到好心酸，眼角瞬间就湿润了。杨铁心也很难受，用手抚摸了一下女儿消瘦的脸颊，帮她擦了擦眼泪，心疼地说："你一直很忙，我不想让你分心，如果告诉你我来喀什，你几天都会想着我来的事，心累。再说单位都安排得很周到。"他又用疑惑的眼光看了看秋婷身边的两个孩子，秋婷会意，随即介绍道："这个男孩叫杨亮，他爸爸在新疆奴拉赛铜矿工作，一周回来一次，他妈妈在机场售票处上班，没有时间管孩子，所以就委托我辅导孩子，6点半他妈准时过来接他回家。这个女孩叫高晓燕，她妈妈早就去世了，她爸爸在刑警队工作，经常外出执行任务，爷爷奶奶都在建设兵团过不来，只要她爸爸出差，就送过来我带她，吃住都在我这儿，本来我就住在学校宿舍也方便。两家孩子的家长都说给我报酬，我说如果给我报酬就不要找我了，我怎么忍心收取孩子们的费用呢！"秋婷让两个孩子叫"爷爷"，两个孩都望着杨铁心喊着"爷爷好"，杨铁心感到很温暖。

秋婷住在A栋10楼。一进门是小客厅，摆着一张桌子，既是餐桌也可以学习读书用；里面是一间小卧室，有一张1.2米的木床；右边是厨房、洗手间和一个小阳台。无论客厅还是卧室都配备了取暖设备。秋婷让爸爸坐下来，给他沏了一杯茶，端到他面前的桌子上，然后就打开放在墙边的折叠小课桌让两个孩子做作业，她一边辅导孩子一边和爸爸聊天。6点半的时候，杨亮的妈妈来了，客套了几句就把孩子接走了。杨亮走了以后，秋婷开始做晚饭，爸爸要帮手，但厨房小站不下两个人。秋婷独自做了晚饭：馒头、土豆丝、蒜薹炒肉、卤牛肉、西红柿蛋花汤，又给晓燕单独蒸了一碗鸡蛋羹，三人坐下来吃晚饭。

  关于一年多的工作、生活、恋爱情况，秋婷和爸爸说了很多："爸，我来新疆支教期限合同规定2年，我还有8个月到期。刚到喀什的时候我盼望早点结束回深圳，但是，这一年多，我的思想发生了很大转变。这里有太多牵挂了！本来我计划在深圳早谈对象，早成家，照顾您和妈妈。您说我哥今年转业回深圳，安排在公安局工作，我嫂子在银行工作，住处离咱家又很近，哥哥一家照顾您也方便，所以我回深圳的意愿就不强烈了，您老有所养，我放心了许多。我来喀什支教的主要任务是把咱们深中好的教学模式和方法带到喀什推广使用，但不能照搬，要结合这里的特点因地施教，这也取得了明显的效果。我在教书的同时，还组织有关人员利用空余时间编写一本喀什小学教案，这本教案是根据深圳的经验结合喀什的具体情况编写的，已经快编写好了，具有很强的实用性。在深圳的时候工作节奏和生活节奏很快，物质生活也很优越。到了喀什以后，我觉得这里的情况就像当年改革开放初期的深圳要杀出一条血路一样，喀什的现状就是当年深圳精神的再现。我好像脱胎换骨变成另外一个人，我以往的思维模式和做事风格都改变了。自从国家2010年5月份把喀什定为经济特区以后，各个方面都要大干快上，更何况'东有深圳，西有喀什'的提法已经响遍全国，喀什完全进入了一个激流勇进的伟大时代，我赶上了这个激情燃烧的年代，就像您1983年两万基建工程兵刚转业时的境况一样。我在这工作和生活可能不止这支教的2年，也可能是5年、10年，或许是一辈子。我现在的思想很乱，也很矛盾，所以来喀什1年多了，也没有回去看望你们，实在对不起你们！您也看到了，我在学校当领导、当老师，现在还要带两个孩子，有时还是半个妈妈或保姆的角色，有的时候好难！晚上，如果在深圳可能是喝咖啡、看电视、听音乐会，但在喀什我要辅导孩子，也可能是走家串户进行家访，也可能是开会或补课上晚自习。但假如让我选择的话，我宁愿选择在喀什生活。有的时候也考虑过不想这么辛苦，但大部分时间我是喜欢这样做，这里有太多的人需要帮助，需要各行各业的人共同振兴喀什。在这里，我得到了孩子们和家长们的认可，得到了社会的认可，我的追求和价值得到了体现，我很有成就感，这也许是我想长久坚持下去的主要原因。和深圳相比，喀什刚刚起步，假如我在深圳发挥出的能量是50%，我在喀什会发挥出120%的能量。喀什各个方面的发展空间很大，虽然自然环境和硬件条件不好，但随着经济的发展和社会的进步，都会有很大改善，这是每个人和社会共同希望的，更何况整个国家都在支持喀什，就像当年全国支持深圳一样，所以喀什的繁荣不是梦想，很快会变为现实！"

杨铁心说："婷婷，是回深圳还是留在喀什，你自己定吧，无论你做出什么样的选择我都赞成！"

在旁边做作业的晓燕听到了他们的谈话，哇哇地哭了起来："我不让杨老师回去！我不让她回去！她就是我妈妈！求求您了爷爷！爷爷！"她紧紧地抱住杨铁心的腿不肯放开，撕心裂肺的哭声刺疼着杨铁心的心！杨铁心把晓燕抱起来，擦了擦她满脸的眼泪，说："别哭了孩子，爷爷不是带老师回去，是让她安心在学校工作。"晓燕这才停止了哭泣。秋婷心里也感到酸酸的。

简单地吃过晚饭以后,杨铁心就回到了迎宾馆。杨铁心难以入眠,尤其是想到秋婷带着的女孩说的话,秋婷到底是和她爸爸发展到什么程度了?秋婷真的要在喀什生活一辈子吗?是不是应该见上女孩的爸爸一面?一连串的问题萦绕在他的脑海。其实他考虑的这些问题秋婷也想到了,次日中午,秋婷和高磊约好去宾馆拜见杨铁心。

高磊今天全副武装,从单位开车接上秋婷就直接来到宾馆。

通过交流和观察,杨铁心觉得高磊很像当年的他:豪爽、耿直、有理想、有抱负,尤其是魁梧的身材和不服输的气质。杨铁心很满意。当问到高磊对于个人婚姻问题有何打算的时候,他回答道:

"谢谢叔叔关心,我的情况可能您也了解一些。我爱人去世以后,我没有再婚的打算,我的职业很危险,不想再连累家人了。但是,自从秋婷担任我孩子的老师以来,通过一年多的接触和了解,我发现秋婷是难得的杰出女性,她的高尚品德和所做的一切,深深地感动了我,也改变了我,如果她不嫌弃我们父女,我还是想和她结为百年之好,相伴一生。这个想法我也是第一次在您和秋婷面前正式提出来，秋婷是我理想的爱人，也是孩子理想的妈妈，恳请您考虑一下！这里的条件比起深圳肯定有很大差距，如果秋婷愿意留在喀什，我一定好好待她！如果她有另外的想法，我也会尊重她的选择！"

这样的表白秋婷也是第一次听到，她听后内心充满了欣喜。

杨铁心说："你的情况我大概也了解一些，对于子女的婚姻大事我一般不过多干预，我相信你们的眼光。"两个年轻人听后对视微笑了一下。

2013年9月16日，"深喀青年联谊会"在喀什礼堂举行，参加这次联谊会的人员大部分是在校大学生和选择在喀什就业的应届毕业生，高磊和杨秋婷作为嘉宾应邀参加。杨秋婷作为援疆青年代表，做了精彩发言：

亲爱的同学们、青年朋友们，你们好！

非常感谢组委会邀请我参加这次青年联谊会，我今天作为一个青年代表、一个援疆人员谈谈我的感想。

我们所处的时代，是一个波澜壮阔、激流勇进的伟大时代，也是一个物欲横流、繁华浮躁的时代，作为新时代的青年人，树立什么样的人生观和理想至关重要。

我生长在深圳，家庭条件也算优越，2011年我作为支教老师来到喀什，喀什经济特区才刚刚成立一年，从自然环境到经济条件都不尽如人意，通过两年在喀什的生活和工作，我爱上了这片土地：这里的人民朴实无华，这里的民族和谐温馨，这里的城市建设已经起步，这里的企业需要腾飞，这里的宏伟蓝图需要描绘……我找到了发光发热的地方，找到了实现理想和抱负的地方。挺拔的白杨树是这座城市性格和生存能力的真实写照！

喀什是一片热土，喀什的发展和腾飞，需要各个方面人才。莘莘学子，这里是你们的广阔的天地，你们一定会大有作为。我们要创造自己的人生，只有自己创造财富和价值，才有成就感，我们才会自豪地说：我曾经努力过、奋斗过，我诠释过生命的真谛。东有深圳，西有喀什，三年来一系列的援建、交流、合作，携手共进，从深喀贸易交易会、深喀科技交流会、喀深学生交流会到喀深文化交流会等，两个经济特区，两座城，两颗璀璨耀眼的新星，遥相呼应，比翼双飞，已经硕果累累。这些成果凝结着全国人民的关怀，记录着双城儿女奋斗的历史！

青年人有什么样的理想和价值观，就会有什么样的选择，甚至会注定一生的命运。大家都知道：2008年5·12四川汶川大地震的时候，很多老师为了保护学生的生命，自己甘愿牺牲；为了建设西藏铁路、青藏铁路和天山公路，很多援建人员牺牲了；为了一块沙土地、一片绿洲、一段公路或一群牛羊，他们会心甘情愿地在边疆生活一辈子，从不贪恋外面的繁华世界，这是一种何等的信仰和勇气！当我想到这些的时候，我就决定把我的青春甚至我的人生奉献给这片土地，用一腔热血报效祖国！

人生有梦，援疆无悔，我会把喀什作为我的第二故乡。"路漫漫其修远兮，吾将上下而求索"，黄沙古道，筑梦前行，不负韶华！